U0943196

Yilin Classics

The Old Man and the Sea

老人与海

[美国] 欧内斯特·海明威 著

黄源深 译

译林出版社

图书在版编目（CIP）数据

老人与海／（美）欧内斯特·海明威（Ernest Hemingway）著；黄源深译．—南京：译林出版社，2018.10（2024.2重印）
（经典译林）
书名原文：The Old Man and the Sea
ISBN 978-7-5447-7478-9

Ⅰ.①老… Ⅱ.①欧… ②黄… Ⅲ.①长篇小说－美国－现代 Ⅳ.①I712.45

中国版本图书馆CIP数据核字（2018）第 176184 号

老人与海 ［美国］欧内斯特·海明威 ／ 著 黄源深 ／ 译

责任编辑 於 梅
责任印制 颜 亮

原文出版 Simon & Schuster Inc., 1995
出版发行 译林出版社
地　　址 南京市湖南路 1 号 A 楼
邮　　箱 yilin@yilin.com
网　　址 www.yilin.com
市场热线 025-86633278
排　　版 南京展望文化发展有限公司
印　　刷 南京爱德印刷有限公司
开　　本 880 毫米 × 1230 毫米 1/32
印　　张 5
插　　页 4
版　　次 2018 年 10 月第 1 版
印　　次 2024 年 2 月第 22 次印刷
书　　号 ISBN 978-7-5447-7478-9
定　　价 32.00 元

导 读

1936年4月,海明威在《乡绅》杂志上发表了一篇名为《碧水之上:海湾来信》的散文,其中有一段记叙了一个老人独自驾着小船出海捕鱼,捉到一条巨大的枪鱼,但后来鱼的大部分却被鲨鱼吃掉的故事。早在1939年,海明威搬到古巴时,他就开始计划以此为素材,写一篇情节完整的故事放到他的某个小说系列中。(实际上,他去世后,这个系列里其他的篇目作为《海流中的岛屿》的一部分被发表出来。)

1951年初,海明威终于开始在他哈瓦那附近的家中创作《老人与海》。1952年独裁者巴蒂斯塔将军再次发动政变上台。1945年联合国建立。1949年苏联成功地爆炸了一颗原子弹。1945年至1952年杜鲁门总统任职期间,美国奉行抵制苏联扩张的政策,于1947年提出"杜鲁门主义"和"马歇尔计划";1950年美国还参与了朝鲜战争;从1950年开始,参议员约瑟夫·R.麦卡锡宣称要清查美国政府中的共产主义活动;美国人口的迅速膨胀和战后经济的繁荣刺激了整个国家的消费。《老人与海》虽然创作于这一时期,却在这一时期的重大事件之外(或说在边缘上)。

1952年,海明威发表了中篇小说《老人与海》:老渔夫圣地亚哥在海上连续八十四天没有捕到鱼。起初,有一个叫曼诺林的男孩跟他一道出海,可是过了四十天还没有钓到鱼,孩子就被父母安排到另一条船上去了,因为他们认为孩子跟着老人不会交好运。第八十五天,老人一清早就把船划出很远,他出乎意料地钓到了一条比船还大的枪鱼。老人和这条鱼周旋了两天,终于叉中了它。但受伤的鱼在海上留下了一道血腥的踪迹,引来无数鲨鱼的争抢。老人奋力与鲨鱼搏斗,但回到海港时,枪鱼只剩下一副巨大的骨架，老人也精疲力竭地一头栽倒在陆地上。孩子来看老人，他认为老人没有被打败。那天下午，老人在棚屋中睡着了，梦中他见到了狮子。“人不是为失败而生的”，“一个人可以被毁灭，却不能被打败”，这是圣地亚哥的信念，也是《老人与海》中作者要表明的思想。通过圣地亚哥的形象，作者热情地赞颂了人类面对艰难困苦时所显示的坚不可摧的精神力量。孩子准备和老人再度出海，他要学会老人的一切“本领”，这象征着人类这种“打不败”的精神将代代相传。

这篇小说的确反映了社会经济发展某一阶段的普遍模式，这种模式甚至在现在的发展中国家还可以看到。在二十世纪三四十年代的农业国古巴，传统的渔业文化（和工业化世界隔绝，贴近自然，脱离现代技术，受庞大的家族和紧密联系的村落的约束）开始受到捕鱼产业（依赖工业化的世界，不顾或忽视环境，依靠机械设备获取利润，受庞大的家族和地方村落的约束较少）的冲击。在《老人与海》里，一方面，海明威把圣地亚哥描绘成一个一心一意将捕鱼手艺与自身身份、行为准则和自然法则完美结合在一起的渔民；另一方面，海明威刻画了一些奉行实用主义的年轻渔民，他们把鲨鱼肝卖给美国的肝油产业，用这些利润购买摩托艇及其他机械设备，把捕鱼全然当做改善物质生活的一种手段。

圣地亚哥的个人经历也有几分表现了全球化的进程，正如评论家安琪·卡佩兰和比克伏特·斯尔崴司特所指出的，圣地亚哥在文化上是西班牙人，因此是一个欧洲人。他出生在加那利群岛，经常到非洲沿岸去，在一定程度上也可以代表非洲。作为到古巴的移民，和许多从欧洲过来的西班牙人一样，他同时又是一个古巴人（他墙上的科伯圣母像暗示了这一点），一个美洲人。圣地亚哥来到新世界时还带着一些传统的价值观，如献身于手工艺，接受自己在自然法则中的地位等等，他把这些价值观和明确的美国式的想法结合起来，根据那套可以维持个人生活的独立而个性化的行为准则生活。这篇小说真的很有普遍意义，因为它考虑到作为一位老人的苦境：要与年龄、贫穷、孤独和死亡斗争来努力维持他的身份和尊严，要重新确立他在生活圈中的名声,要与那些他爱的人和能够传承传统文化的人保持良好的关系。最终,圣地亚哥英雄式的斗争不仅挽救了他自己,也鼓舞了他周围的人,并使他们得到了精神上的升华。小说以写实手法展现了捕鱼老人圣地亚哥在重压下仍保持的优雅风度,这个精神上永远不可战胜的人成为文学史上最著名的"硬汉"形象之一。对于《老人与海》这部被译成几十种文字的作品,海明威自己认为"是这一辈子所能写出的最好的一部作品"。

圣地亚哥是海明威所崇尚的完美的人的象征:坚强、宽厚、仁慈、充满爱心,即使在人生的角斗场上失败了,面对不可逆转的命运,他仍然是精神上的强者,是"硬汉"。"硬汉"是海明威作品中经常表现的主题,也是作品中常有的人物。他们在面对外界巨大的压力和厄运打击时,仍然坚强不屈,勇往直前,甚至视死如归,他们尽管失败了,却保持了人的尊严和勇气,有着胜利者的风度。

海明威的前一部小说《过河入林》发表于1950年,是一部具有象征意义的爱情小说,融入了当代人对战争的思考,却遭到评论界的质疑。海明威,像圣地亚哥一样,需要一个巨大的成功来重新确立他的名声。1952年他第一次在《生活》杂志上发表了《老人与海》的完整版。随后这篇小说成为"每月一书"俱乐部的精选品和最畅销的小说。它迅速获得评论界的认可,在1953年为海明威赢得了普利策奖。由于小说中体现了人在"充满暴力与死亡的现实世界中"表现出来的勇气而获得1954年的诺贝尔文学奖。1958年这篇小说被拍成电影,由斯宾塞·特罗丝主演。

他是个老人，独自驾了条小船，在墨西哥湾流捕鱼。出海八十四天了，连一条鱼都没有到手。前四十天，还有个男孩跟着。可是一连四十天都没捕到鱼后，孩子的父母就说，这老头真是晦气，倒霉透顶[①]。孩子听从吩咐，上了另一条船，第一个星期就捕到了三条好鱼。看着老人天天空舟而归，孩子心里很难受。他常下岸去帮老人的忙，把成卷的钓线，或是手钩、鱼叉和缠在桅杆上的帆卸下船来。船帆用面粉袋打过补丁，卷起来时，活像是常败将军的旗帜。

老人瘦骨嶙峋，颈背上刻着深深的皱纹，脸上留着良性皮肤肿瘤引起的褐色斑块，那是阳光在热带洋面上的反射造成的。褐斑布满了他的双颊，双手因为常常拽住钓线把大鱼往上拉，镌刻着很深的伤疤。不过，没有一处伤疤是新的，每个伤疤都像无鱼的沙漠里风化了的沙土一样古老。

除了一双眼睛，他浑身上下都很苍老。那双眼睛乐观而且永不言败，色彩跟大海一样。

“圣地亚哥，”他们从泊船的地方爬上岸时，孩子对他说，“我又可以跟你去了，我们已经挣了些钱。”

老人教会了孩子捕鱼，孩子很爱他。

“不，”老人说，“你在一条幸运船上，你可要待下去呀。”

“可是你记得吧，有一回你有八十七天都没有捕到鱼，可后来，一连三个星期，我们每天都捕到了大鱼。”

“我记得，”老人说，“我知道你不是因为怀疑我不行才离开的。”

“是我爸让我走的。我还是个娃娃，总得听他的。”

---

① 原文为西班牙语。这个词的正确拼法应为 salado，这里省掉字母 d，疑是吞音所致。

“这我知道，”老人说，“这很正常。”

“他不大有信心。”

“是呀，”老人说，“不过我们有，是吧？”

“是的，”孩子说，“我在露台饭馆请你喝杯啤酒，然后我们再把这些东西拿回家去，好吗？”

“干吗不？”老人说，“两个渔夫一起喝一杯。”

他们坐在露台上。有很多渔夫取笑老人，老人却并不生气。那些年纪更长一些的渔夫瞧着他，心里很难受，但他们没有表露出来，只是客气地谈论着水流、钓线漂入水中的深度、一连的好天气以及他们的见闻。那天收获颇丰的渔夫已经回来了，他们把枪鱼剖开，横着铺在两块木板上。板的两头各有一人抬着，踉踉跄跄朝鱼库走去。渔夫在鱼库那儿等待冷冻车过来，把鱼运往哈瓦那市场。那些捕到鲨鱼的人已经把鱼运到海湾另一头的鲨鱼加工厂里了，在那里他们把鲨鱼吊在滑轮上，取下鱼肝，割去鱼鳍，剥掉鱼皮，把鱼肉切成一条条的准备腌起来。

一刮东风，一股鱼腥味就会从鲨鱼加工厂里飘出来，飘过海港吹到这里。但今天风转为往北吹，后来风又渐渐地停了，所以只有一丝淡淡的腥味。露台上洒满阳光，很是惬意。

“圣地亚哥。”孩子唤道。

“嗯。”老人应道。他握着酒杯，回想多年以前的往事。

“我出去搞些沙丁鱼来，让你明天用，好不好？”

“不用了。玩你的棒球去吧。我还划得动，还有罗赫略可以帮忙撒网。”

“我想去。既然不能跟你去捕鱼，那总该帮点忙吧。”

“你给我买了啤酒，”老人说，“你已经是个男子汉了。”

“你第一次带我上船那会儿，我几岁呀？”

“五岁，而且你差点就没命了。当时我把一条鱼拖上了船，那鱼活蹦乱跳的，险些把船撞得粉碎。你还记得吗？”

“我记得那鱼尾巴使劲地拍打，撞断了划手的坐板，还有你用棍子打鱼的声音。我还记得你把我推到船头，那儿堆着一卷卷湿淋淋的钓线。我觉得整条船都在颤抖，我听见你在用棍子打鱼，就像砍树一样。我觉得浑身都是甜甜的血腥味。”

“你是真的记得，还是听我说的？”

“从我们第一次一块儿捕鱼那会儿起，我什么都记得。”

老人用他那双被阳光灼烧过的自信而慈爱的眼睛打量着他。

“你要是我的孩子，我就会带你出去冒冒险，”他说，“可是你是你爸妈的孩子，而且又在一条幸运船上。”

“我可以去弄些沙丁鱼来吗？我还知道上哪儿搞得到四个鱼饵。”

“我今天还剩下一些鱼饵呢，我把它们腌在盒子里了。”

“我给你搞四个新鲜的来吧。”

“一个就好。”老人说。他从未失去希望和信心。而现在就好像微风拂过，他的希望和信心都被鼓舞起来了。

“两个吧。”孩子说。

“那就两个吧，”老人同意了，“不是偷来的吧？”

“我倒是想去偷的，”孩子说，“不过，这几个是我买来的。”

“谢谢你。”老人说。他太单纯了，不会去想自己是什么时候变得谦恭起来了。但他知道他已经变得谦恭了，还知道这并不丢脸，也没有让他丧失真正的自尊。

“看这水流，明天会是个好天。”他说。

“你要上哪儿？”孩子问。

“很远的地方，等到风向转了再回来。我想不等天亮就出海。”

“我要设法让船主在很远的地方作业，”孩子说，“那样，要是你捕到一个很大的家伙，我们可以来帮忙。”

“他可不喜欢在太远的地方捕鱼。”

“这倒是，”孩子说，“但是我会看到一些他看不见的东西，譬如一只鸟在捕鱼，引诱他去远海跟踪鲯鳅。”

“他的眼睛有那么糟糕吗？”

“差不多全瞎了。”

“这倒怪了，”老人说，“他又没有捕过海龟，那才是最伤眼睛的。”

“但你在莫斯基托海岸捕了好多年海龟，眼睛还照样很好呢。”

“我是个怪老头。”

“你现在还有没有力气对付一条很大的鱼？”

“我想还有。何况我还知道很多诀窍。”

“我们把这些东西搬回家去吧，”孩子说，“这样我就可以去拿渔网捕沙丁鱼了。”

他们从船上拿了一应器具。老人肩上扛着桅杆，孩子拿着木盒，木盒里面装有一卷卷编织紧密的褐色钓线，还有手钩和带柄的鱼叉。船尾放着盛鱼饵的盒子，旁边有一根木棍，是用来制服弄到船边的大鱼的。老人的这些家什没有人会偷。但是船帆和沉重的钓线还是拿回家好，因为露水对这些东西有损害。尽管老人肯定当地人不会来偷，但他想，把手钩和鱼叉留在船上会是不必要的诱惑。

两人一起顺着路走到了老人的棚屋前，从开着的门进去。老人把裹着帆的桅杆靠在墙上，孩子在旁边放下木盒和其他渔具。桅杆几乎跟这个单间的棚屋一样长。棚屋是用王棕——当地人称做棕榈[①]——的坚韧苞壳盖成的。屋里有一张床、一张桌子、一把椅子以及一方烧炭起火做饭的泥地。棕色的墙是用棕榈结实的纤维质叶子砌成的，那叶子被压得扁扁的，叠在一起。墙上有一幅彩色画，是《耶稣圣心图》，另一幅画是《科伯圣母图》，都是他妻子的遗物。本来，墙上还挂着一幅妻子的着色照，但因为他一瞧见便想起自己形单影只，就把它拿了下来，放在角落的一个架子上，一件干净衬衫底下。

“你吃什么呀？”孩子问。

“一锅黄米饭和鱼。你想要吃一点吗？”

“不，我回家吃饭。要我帮忙生火吗？”

“不用了。我等会儿自己来生火。或者我也许就吃冷饭了。”

“我可以把渔网拿走吗？”

“当然喽。”

渔网已经没有了，孩子还记得是什么时候卖掉的。不过，他们每天都要把这场戏演一遍。孩子也知道，那锅黄米饭其实是没有的，鱼也没有。

“八十五是个幸运的数字，”老人说，“你想不想看到我带回来一条鱼，

---

① 原文为西班牙语。

去掉内脏净重还超过一千磅？”

“我去拿渔网捕沙丁鱼，你就坐在门口晒太阳好吗？”

“好。我有一张昨天的报纸，可以看看有关棒球赛的新闻。”

孩子不知道“昨天的报纸”是否也是编造出来的。不过，老人从床底下取出了报纸。

“佩里科在酒店[①]里给我的。”他解释说。

“我捕到沙丁鱼就回来。把你的和我的放在一起，镇上冰，明天早上分着用。等会儿我回来，你跟我说说棒球赛的消息。”

“扬基队是不会输的。”

“不过我担心克利夫兰印第安人队会赢。”

“对扬基队要有信心，孩子。想一想名将迪马乔吧。”

“我怕底特律老虎队和克利夫兰印第安人队。”

“小心点，要不然，你连辛辛那提红队和芝加哥白袜队都要害怕了。”

“你研究一下，等我回来告诉我。”

“你认为我们是不是该去买张彩票，末尾两位数是八十五？明天是第八十五天。”

“可以是可以，”孩子说，“不过你那八十七天的伟大纪录怎么办？”

“不可能有第二次了。你认为能搞得到末尾两位数是八十五的彩票吗？”

“我可以预订一张。”

“一张要两块五。我们向谁能借到这笔钱呢？”

---

① 原文为西班牙语。

“这个简单。两块五我总能借到手。”

“我觉得也许我也能。不过我尽量不借。一回借钱，二回要饭。”

“穿暖和些，老爷子，”孩子说，“别忘了现在是九月。”

“是大鱼上钩的月份，”老人说，“五月份人人都能捕到鱼。”

“现在我去捉沙丁鱼了。”孩子说。

孩子回来的时候，老人在椅子上睡着了，太阳已经落下。孩子从床上拿来一条旧军毯，铺在椅背上，盖住老人的肩膀。这肩膀不同寻常，虽然很老，却依然有力。那脖子也仍然很壮实。老人睡着时，脑袋往前耷拉着，皱纹并不明显。他的衬衫打过多次补丁，弄得很像船帆，经太阳一晒，褪成了深浅不一的颜色。不过，老人的头很老，闭上眼睛时，脸上就没有一丝生气了。报纸摊在他的膝盖上，有胳膊的重量压着，才没被晚风吹走。他赤着双脚。

孩子走了，没有惊动老人，回来时，老人还没睡醒。

“醒一醒，老爷子。”孩子说，他伸手碰了一下老人的膝盖。

老人睁开了眼睛，一时仿佛从遥远的地方回过神来。然后他笑了笑。

“你搞到什么了？”他问。

“晚饭，”孩子说，“我们要吃晚饭了。”

“我还不是很饿。”

“来，吃饭。你不能光打鱼不吃饭。”

“我倒是这么干过。”老人说着站了起来，拿起报纸，把它折好。然后开始叠毯子。

“把毯子围在身上，”孩子说，“只要我还活着，就不让你空着肚子去打鱼。”

“那就活得长些，照顾好你自己。”老人说，“我们吃什么呀？”

“黑豆烧米饭、油煎香蕉和炖菜。”

孩子从露台饭馆搞来了这些饭菜，用一个双层金属饭盒盛着。口袋里放着两副刀叉和勺子，每副都用餐巾纸包着。

“这是谁给你的？”

“马丁，饭馆老板。”

“我得谢谢他。”

“我已经谢过了，”孩子说，“你就不用去谢了。”

“我要把一条大鱼肚子上的肉给他，”老人说，“他这么款待我们不止一次了吧？”

“我想是的。”

“那我要给他的就不只是鱼肚子上的肉了。他很关照我们。”

“他还送了我们两瓶啤酒。”

“我喜欢罐装啤酒。”

“我知道。不过这是瓶装的，哈图伊牌啤酒。我得把瓶子送回去。”

“你真好，”老人说，“我们可以吃了吗？”

“我在招呼你吃呢，”孩子轻声说，“你没有准备好我就不想打开饭盒。”

“现在我准备好了，”老人说，“我只要花点时间洗一下就行了。”

上哪儿去洗呢？孩子想。村子里的供水站隔了两条街，在路的另一头。我得替他把水弄到这里来，孩子想，还有肥皂和一块像样的毛巾。我为什么那么粗心呢？我得再给他搞一件衬衫、一件过冬的外套、一双什么样的鞋子和另外一条毯子。

“你的炖菜好吃极了。”老人说。

“你给我说说棒球赛的事儿吧。”孩子提出要求。

“我说过，在全美职业棒球联赛中，就数扬基队最厉害。”老人高兴地说。

“今天他们输了。”孩子告诉他。

“那不要紧。迪马乔这个厉害的家伙恢复了状态。”

“他们队里还有其他人。”

“那是。但有他就不一样了。在另一个联赛中，布鲁克林队对阵费城队，我肯定支持布鲁克林队。可我又想到了迪克·西斯勒，还有老公园[①]里那些漂亮的击球。”

“这种好球是再也见不着了。我见过的击球数他打得最远了。”

“你还记得过去他常来露台饭馆的时候吗？我想带他去打鱼，但我胆子小，不敢开口。后来我让你去说，可你胆子也小。”

“我知道。我们犯了个大错，要不，他可能会跟我们去打鱼的。那样的话，我们会有一段终生难忘的回忆。”

“我想带名将迪马乔去打鱼，”老人说，“据说他父亲是个渔夫。也许他过去和我们一样穷，能说得上话。”

“名将西斯勒的父亲从来没有过过苦日子。他——我是指他父亲——像我这样年纪的时候就在大联盟里打球了。”

“像你这样年纪的时候，我在一条开往非洲的横帆船上当普通水手，黄

① 指费城的希贝公园，曾是费城棒球比赛的重要场地。

昏的时候我见过狮子在沙滩上出没。”

“我知道。你跟我说过。”

“我们是谈非洲，还是谈棒球？”

“我想还是谈棒球吧，”孩子说，“同我谈谈那个了不起的约翰·J. 麦格劳。”他把J说成了霍塔。

“以前他有时候也到露台饭馆来的，但酒一下肚就很粗鲁，说话严厉，不好相处。他的心思都放在赛马和棒球上。至少口袋里一直装着马的名单，电话里动不动就提起马的名字。”

“他是个能干的球队经理，”孩子说，“我爸爸认为他最能干。”

“那是因为他上这儿来得最多，”老人说，“要是迪罗谢不间断地年年都到这里来，你爸会以为他是最能干的经理。”

“说真的，谁是最能干的经理，是卢克，还是迈克·冈萨雷斯？”

“我认为他们不相上下。”

“而最好的渔夫是你。”

“不。我知道还有更好的。”

“干吗这么说?[①]”孩子说，“好渔夫很多，有些非常棒。但你是独一无二的。”

“谢谢。你让我高兴了。我希望别来一条太大的鱼，证明我们都错了。”

“要是你还是像你说的那样健朗，就不会有能扳倒你的鱼。”

“也许我并不像我想象的那样健朗，”老人说，“但我掌握很多诀窍，而且我还有决心。”

---

① 原文为西班牙语。

“现在你该上床了，这样明天早上你才会精力充沛。我会把这些东西送回露台饭馆去。”

“那么晚安。早上我会叫醒你的。”

“你就是我的闹钟。”孩子说。

“年岁是我的闹钟，”老人说，“老人干吗要醒得那么早呢？是为了能度过更漫长的一天？”

“我不知道，”孩子说，“我只晓得年轻小伙子睡得香，起得晚。”

“我会记得的，”老人说，“我会按时叫醒你。”

“我不喜欢他来叫醒我，好像我不如他似的。”

“这我明白。”

“睡个好觉，老爷子。”

孩子出去了。两人已经黑灯瞎火地吃了晚饭。老人脱了裤子，摸黑上了床。他把裤子卷起来做了个枕头，把报纸塞进裤子里，用毯子裹住自己，将余下的旧报纸盖住裸露出来的弹簧，自己就睡在报纸上。

不一会儿他就睡着了，他梦见了孩提时代的非洲，长长的金沙滩和白沙滩，白得简直刺眼，还梦见了高高的海岬和褐色的大山。如今他每晚都梦见生活在那片海岸上，在梦里听到海浪的咆哮，看到本地的小船破浪前进。睡梦中他闻到甲板上柏油和麻絮的味道，嗅着早上陆地微风带来的非洲气息。

平常他嗅到陆上的微风就会醒来，然后穿好衣服，去叫醒孩子。但今晚那风来得很早，睡梦中他知道时候还早，于是便继续做梦，梦见岛屿的白色峰顶从海上升起，又梦见加那利群岛形形色色的海港和锚地。

他不再梦见风暴，不再梦见女人，不再梦见轰动的大事，不再梦见大鱼、打架、斗力，也不再梦见妻子。他只梦见眼前的地方以及沙滩上的狮子。薄暮中，狮子们像小猫那样在嬉戏，他喜爱它们，就像喜爱那个男孩一样。他从未梦见过男孩。他就那么醒来了，他从开着的门望出去，瞧着月亮，然后摊开裤子，穿在身上。他在棚屋外撒了尿，然后顺着路走过去叫醒孩子。早晨的寒气让他直打哆嗦。但他知道，哆嗦会让自己暖和起来，而且他马上就要划船了。

孩子家的房门没有上锁。他推开了门，赤着脚悄悄地走了进去。孩子躺在外间的一张帆布床上，睡得很熟。此时，月亮正渐渐隐去，借着洒进屋的月光，老人能把孩子看得一清二楚。他轻轻地拉住他的一只脚握在手里，直到孩子醒来，翻了个身看着他。老人点了点头，孩子从床边的椅子上拿了裤子，坐在床上，穿了上去。

老人走出门，孩子在后面跟着。他很困，老人搂住他的肩膀说："对不起。"

"干吗这么说?"孩子说，"男子汉就该这样做。"

他们顺着路朝着老人的棚屋走去。黑暗中，一路上男人们扛着桅杆光着脚在走动。

两人走到了老人的棚屋，孩子拿了放在篮子里的几卷钓线以及鱼叉和手钩；老人把裹着帆的桅杆扛在肩上。

"你想喝咖啡吗？"孩子问。

"我们先把渔具放到船上，再去喝点咖啡。"

在一个清早供应渔人早餐的地方，他们用炼乳罐喝了咖啡。

“睡得怎么样，老爷子？”孩子问。要完全赶走睡意还是很难，但这时他已渐渐清醒过来了。

“很好，曼诺林，”老人说，“今天我信心十足。”

“我也一样，”孩子说，“现在，我得去拿你和我的沙丁鱼，还有你的新鲜鱼饵。我们的渔具都是他自己拿的，他从来不要别人拿。”

“我们不一样，”老人说，“你才五岁我就让你拿东西了。”

“我知道，”孩子说，“我马上回来。再喝一杯吧，这儿我们可以赊账。”

他走了，光着脚踩在珊瑚岩上，朝存放鱼饵的冷库走去。

老人慢悠悠地喝着咖啡。一整天他就吃这点东西，他明白应该喝下去。如今，他厌食已经好久了，而且他从来不带午饭出海，船头的一瓶水成了他一天唯一的需要。

孩子回来了，拿着沙丁鱼和用报纸包着的鱼饵。他们顺着小路向小船走去，脚底触摸着嵌着鹅卵石的沙滩。两人抬起小船，让它滑进水里。

“祝你好运，老爷子。”

“也祝你好运。”老人说。他把桨索系在桨栓上，俯身向前，借着桨叶在水中的推力，在黑暗中把船划出港口。其他海滩上也有船只出海，这个时候月亮已经落山，他虽然看不见它们，却能听见船桨入水和划动的声音。

有时候个别船上会有人说话。但大多数船都是静悄悄的，只有船桨入水的声音。出了港口，船只便四散开来，驶向有望捕到鱼的那一片海域。老人知道他正向远处划去，把陆地的气息留在身后，划进清晨海洋的新鲜气息里。他划过一片水域，看到了水里马尾藻发出的磷光，渔夫管这个地方叫“大井”，因为在这里海水突然深达七百英寻，水流冲击海底峭壁，形成旋涡，因此汇集了各种鱼类。在最深的海底洞穴里，集中了虾和钓饵鱼，有时还有成群的枪乌贼，它们在夜间浮近海面，成为一切游荡着的鱼的腹中之物。

黑暗中，老人能感觉到早晨正在来临。他划船的时候听得见飞鱼出水的抖动声以及它们在黑暗中升空时直挺挺的鱼鳍发出的咝咝声。他很喜欢飞鱼，因为在海洋上飞鱼是他主要的朋友。他为鸟儿们感到难过，尤其是娇小的黑燕鸥，它们总是在飞翔觅食，却几乎总是一无所获。他想，鸟类中除了强盗鸟和壮实的鸟，生活都比我们艰难。为什么海洋有时候那么残暴，鸟儿，譬如那些海燕，却生得那么纤巧？大海很仁慈，也很漂亮。但是大海也可能很残暴，而且突如其来。这些鸟儿飞着，扎进海里觅食，哀哀地小声叫着，相比大海而言，这些鸟儿太脆弱了。

他常常把大海想成 la mar[①]，那是人们喜爱大海时用的西班牙语称呼。有时候，喜爱大海的人也说些大海的坏话，不过往往是把它当做女人来说的。一些年轻一点的渔夫，就是那些用浮标做钓线的浮子，出售鲨鱼肝挣到大把钱，买了摩托艇的人，把大海叫做男性化的 el mar，说成是竞争对手，或者是一个地方，或者甚至是一个敌人。不过老人总是把大海想象成女人，某种施与恩惠，或者不给恩惠的事物。大海要是做出什么狂暴或者可恶的事情，那也是出于无奈的。他想，月亮影响着大海，就像影响着女人一样。

他从容地划着，并不觉得费力，因为很好地控制在他正常的速度之内。除了偶尔几处水流的旋涡，海面一平如镜。他让水流替他完成三分之一的

① 西班牙语。mar 是“海洋”的意思，la 是前面的阴性定冠词，下文的 el 是阳性定冠词。

工作。天蒙蒙亮时，他发现自己比预期到达的地方要远了。

我在“深井”打了一周的鱼，却一无所获，他想。今天，我会找到狐鲣和长鳍金枪鱼群，它们中间也许会有一条大鱼。

天还没有完全放光，他就放出了钓饵，让船随水流漂移。一个钓饵下到了四十英寻深的水里；第二个是七十五英寻，第三、第四个进入蓝色的海水，分别为一百英寻和一百二十五英寻深。钓饵用的是新鲜的沙丁鱼，每个钓饵头朝下，钓钩的钩身穿进饵身，都被扎好，缝结实了，钓钩的所有突出部分，包括钩弯和钩尖，都裹在鱼肉里。钓钩穿过每条沙丁鱼的双眼，在突出的钢钩上形成了半个环。大鱼能碰到的钩子的每一个部分，都是又香又好吃的。

孩子给的两条新鲜的小金枪鱼，或者叫长鳍金枪鱼，都像铅坠那样挂在了两条最深的钓线上。在其他钓线上，他用了一条大金鲹和一条黄狗鱼。这两个钓饵都已经用过，但仍然完好无缺，又用上好的沙丁鱼增添了它们的香味和诱惑力。每根钓线都像大铅笔那么粗，缠在一根被侵蚀成绿色的钓竿上。这样，鱼一拖，或者一碰钓饵，钓竿就会下沉。每根钓线都有两卷四十英寻长的钓线卷，必要时可以接到另外一卷备用钓线上，这样，一条鱼可以拖出去三百多英寻长的钓线。

此刻，老人一边盯着船边伸出的三根钓竿，看看有什么动静，一边轻轻地划着小船，使钓线笔直地上下浮动，各自保持相应的深度。天已经大亮，太阳随时都会升起。

太阳淡淡地从海上升起。老人能看见其他的船只低低地贴近水面，横切过水流散开，离海岸很近。随后，太阳更亮了，耀眼的光照在水上。接着太阳升离了海面，平坦的大海将阳光反射到他的眼睛上，他的双眼感到了刺痛。他没有对着阳光划船，却低头往水里瞧，盯着笔直伸进暗沉沉的水里的钓线。他把钓线保持得比别人的都直，这样，在黑暗的水流里，每一个层面都有一个钓饵，在他所希望的确切位置上等待着游过来的鱼。其他人往往让钓线随水流漂移，有时候钓线还在六十英寻深的水里，渔民却以为已深达一百英寻了。

不过，他想，我的钓线深度很精确，只不过是我不走运而已。可是谁知道呢？也许就在今天呢。每一天都是个崭新的日子。走运固然不错，不过我宁可保持精确。那样，机会来临时，你已经做好了准备。

现在，太阳已经升起来两个小时，爬得更高了，朝东看已不再那么刺眼。此刻，只能看得见三条船，它们显得很低矮，远在近岸的地方。

在我的一生之中，早晨的太阳总是很刺眼，他想。不过，我的眼睛还是好好的。傍晚，我可以直视夕阳而眼前不会发黑。傍晚的阳光也很强，但在早晨，太阳却会刺痛眼睛。

就在这时，他看见一只军舰鸟展开长长的黑色翅膀，在他前面的上空盘旋。那鸟来了个急速俯冲，翅膀往后掠，斜着身子下来，随后又开始盘旋。

“它看中了什么，”老人大声说，“不单单只是瞧一瞧。”

他缓慢而稳当地朝鸟儿盘桓的地方划去，划得并不急，保持着钓线上下笔直。但他已稍稍挨近海流，这是为了保持钓法正确，不过动作比他不利用这只鸟时要快。

这只鸟在空中飞得更高了，再次打着旋儿，翅膀纹丝不动。随后它突然俯冲下来，老人看见飞鱼跃出水，不顾一切地滑过水面。

“鲯鳅，”老人大声说，“大鲯鳅。”

他收起船桨，从船头下面取出一根细的钓线，线上有一截金属接钩绳和一个中号钩。他装上一条沙丁鱼做鱼饵，把钓线沿着船舷边放下去，将另一头系在船尾带环的螺栓上。接着他给另一根钓线也装上了鱼饵，钓线卷做一团被扔在了船头的背阴处。他又划起船来，密切注视着那只黑色的翅膀长长的鸟，此刻它正低低地在水面上觅食。

他正瞧着，却见那鸟歪斜着翅膀又俯冲了下来，一边跟踪着飞鱼，一边疯狂而徒劳地扑闪着翅膀。老人看见水面上有一个微微隆起的地方，那是大鲯鳅追逐脱逃的飞鱼时掀起来的。在飞鱼的脱逃路线之下，鲯鳅划破海水，等飞鱼一落下便飞快地扎进水里。那是一大群鲯鳅，他想。鲯鳅散得很开，飞鱼很难有机会逃脱。这鸟也没有机会，因为飞鱼太大，也太快了。

他瞧着飞鱼一再冲出水面，那只鸟徒劳无功地行动着。鲯鳅群已经离我而去，他想。它们游得太快、太远了。但也许我会捉到一条离群的鱼，也许我的大鱼就在鲯鳅附近。我的大鱼一定在什么地方呢。

这时，陆地上升起了山一般的云，海岸成了一长条绿色的线，背后映衬着几座灰蓝色的小山。此时，海水已经变成了深蓝色，深得几乎发紫。他低头往水里瞧了瞧，看见深蓝的海面上散布着红色的浮游生物，也看到了此刻太阳射出的奇异之光。他留意让钓线一根根笔直地下到水里，进入看不见的深处。见到那么多浮游生物，他很高兴，这说明有鱼情。这时，太阳升得更高了，在水里变幻出奇异的光，这意味着天气会很好。陆地上云彩的形状同样说明这是个好天。但这时，那鸟几乎看不见了，水面上什么也没有，只有几块黄色的马尾藻，被太阳晒得褪了色，还有一个僧帽水母的胶质泡囊，紫颜色，有模有样，闪出彩虹色的光，贴着船浮在水面上。那水母侧向一边，然后又竖直了，气泡似地开心地漂浮着，身后拖着长长的紫色致命触须，足有一码长。

“水母[①],”老人说，“你这婊子。”

他从轻轻划桨的地方往水里望去,看见小鱼像拖着的触须那样的颜色，它们游动在触须之间和泡囊漂浮时所投下的小小阴影里。小鱼不惧毒性，但人可不行，有的触须会缠住钓线，紫色的触须缠在上面像粘泥一般。老人把鱼拉上来的时候，胳膊上和手上会留下疤痕和伤痛，像是被有毒的藤蔓或橡树刺伤那样。不过赤潮的毒性发作很快，人痛得像挨了鞭子似的。

彩虹色的泡囊很漂亮。不过它们是海洋里最虚假的东西，老人爱看大海龟把它们吃掉。海龟见了它们，就从正面直逼上去，然后闭上眼睛，这样通体都有硬壳护身，再把触须之类一股脑儿吞下。老人爱看海龟吃掉它们，暴风雨之后他也喜欢在沙滩上从它们身上踏过，他长了茧的脚踩在上面，啪啪地响，他爱听那声音。

他喜欢绿甲海龟和玳瑁，它们姿态优雅，速度快，价值高。他瞧不起又大又笨的蠵龟，但对它们并没有恶意。蠵龟的龟壳黄黄的，做爱方式怪异，闭着眼睛愉快地吞吃僧帽水母。

虽然他乘船捕龟多年，对海龟却并没有什么神秘主义的想法。他为所有海龟感到伤心，甚至包括像小船那么长，有一吨重的棱皮龟。大多数人对海龟很残酷，海龟就是被宰杀剁成了块，几个小时后心脏仍会跳动。不

① 原文为西班牙语。

过老人想，我也有一颗这样的心脏，我的手脚也跟它们的一样。老人吃白色的龟蛋，让自己长力气。五月里他从月初吃到月末，这样九十月份身子骨就会很结实，可以对付很大的鱼了。

他每天还从一个棚屋的大桶里舀一杯鲨鱼肝油喝下去，那棚屋是很多渔夫用来存放渔具的地方。鱼油放在屋里，谁要喝就喝。多数渔夫讨厌那味儿，不过这要比起大早好受，更何况还可以有效预防伤风流感，对眼睛也有好处。

这时老人抬起头来，瞧见那鸟又在盘旋了。

“它找到鱼了。”老人大声说。但不见飞鱼冲出水面，也不见饵鱼四散奔逃。不过老人正瞧着的时候，一条小金枪鱼跃向空中，转了个身，头朝下落进水里。阳光下，金枪鱼银光闪闪。一条鱼才回身入水，另一条就跳了起来，四面八方都有鱼在跳，它们搅动着海水，跳得很远去追逐饵鱼。它们驱赶着饵鱼，围着它打转。

要不是它们游得那么快，我会冲到鱼群里面去，老人想。他看着鱼群搅出了白色的水花，还有那只鸟此时正俯冲下来，闯入饵鱼群。惊慌中，鱼群被迫游向水面。

“这鸟帮了大忙。”老人说。就在这时，船尾踩在他脚下的一圈钓线绷紧了。他放下桨，紧握钓线，开始往船里拉，只觉得小金枪鱼一抖一抖地拖着，越往里拉，鱼抖动得就越厉害。他还没有把鱼抡过船沿，扔到船里，就已经看到水里蓝色的鱼背和金色的两侧了。太阳下，那条鱼躺在船尾，形如子弹，十分结实，瞪着大而愚蠢的眼睛，尾巴利索地快速抖动着，噼里啪啦往船壳外板上撞死了。老人出于善意，在鱼头上敲了一记，又踢了它一脚。在船尾的背阴处，那鱼的身子还在颤抖着。

“长鳍金枪鱼，”他大声说，“做钓饵倒不错，总有十磅重吧。”

他记不得一个人独处的时候是何时开始大声说话的。以前他独个儿时曾唱过歌，在小帆船或者捕龟船里，独自值班掌舵时曾在夜里唱过。那孩子离开后只剩下他一个人时，可能是这时候他开始了大声说话。可是他不记得了。他和孩子一起捕鱼时，通常只在必要时才开口。晚上或者天气恶劣为暴风雨所困的时候，他们会交谈。在海上，没有必要就不互相交谈被认为是一种美德，老人向来这么看，并加以推崇。可是现在既然不会打扰到别人，他便多次开口说出了自己的想法。

“别人要是听见我在大声说话，会以为我疯了，”他大声说，“不过既然我没有疯，我也就不在乎了。有钱人在船里有收音机和他们说话，还给他们传来棒球赛的消息。”

现在不是想棒球赛的时候，他想。现在该想的只有一件事儿，那就是我生来要干的事儿。在那个鱼群附近，也许有一条大鱼，他想。我只不过在吃食的长鳍金枪鱼中捉到了一条离群的鱼。鱼群却在远方捕食，而且动作迅速。今天，海上出现的一切都游得很快，而且朝东北方向。难道这会儿就该是这样吗？或者，这是某种天气的征兆，只是我不知道而已？

此刻，他看不到绿色的海岸，只能看到蓝色山峦的山顶，山顶看上去白白的，仿佛覆盖着白雪，他还能看见云彩，云彩像是上空高高的雪山。海水深暗，阳光在水里形成了折光。无数斑斑点点的浮游生物在高高升起的太阳的照射下已不见踪影。蓝色的海水里，老人能看到的只有深深的大折光以及他那笔直地伸到水下一英里深的钓线。

金枪鱼再次下沉。渔夫把那一类鱼统称为金枪鱼，只有在出售时，或者用来交换做鱼饵时才用适当的名称来区分。这时阳光热了起来，老人的颈背感受到了热力，划着船便觉得汗水从背上直淌下来。

我可以让船这么漂着，他想，先睡一觉，将钓线的绳套缠在脚趾上，有什么情况就会把我弄醒。可是今天已经是第八十五天了，我得好好用来钓鱼。

就在他注视着钓线的当儿，伸出海面的绿色钓竿猛地往下 一沉。

“很好，”他说，“很好。”他把桨收进船内，半点也没有撞着船。他伸手去拉钓线，把钓线轻轻地夹在右手大拇指和食指之间，既没有感到钓线绷紧，也没有觉出有什么重量。于是他轻轻地抓住钓线。不一会儿钓线又往下一沉，这回是试探性的一拖，虚晃一枪，没有什么重量。他很清楚这是怎么回事。一百英寻深的水下，一条枪鱼正在咬饵，手工制的钓钩刺穿小金枪鱼的头部，露出的钩尖和钩身都被沙丁鱼包裹着。

老人轻巧地抓住钓线，用左手把钓线从竿上解下来。现在他可以让钓线穿过指间而不让鱼有拉紧的感觉。

在这么远的地方，这一定是本月里的一条大鱼，他想。吃吧，鱼儿呀。吃吧。请吃吧。饵料是多么新鲜，而你却在六百英尺深的冰冷黑暗的水底。在黑暗中再转身回来，回来吃鱼饵吧。

老人觉得钓线轻轻地拖了一下，接着又是一下，只是重了一些，准是沙丁鱼的鱼头很难从钩子上咬下来。随后便没有动静了。

“来呀，”老人大声说，“再转身回来，闻一闻，鱼饵不是很香吗？趁新鲜吃吧，还有金枪鱼呢。又硬、又凉、又好吃。别害羞，鱼儿，吃吧。”

他等待着，钓线夹在大拇指和食指之间，眼睛同时盯着它和其他的钓线，因为鱼很可能已经游上来或者游下去了。随后，钓线又同样地被轻轻拖了一下。

“它会吃饵的，”老人大声说，“求上帝帮忙让它吃吧。”

可是鱼儿没有咬钩，它游走了。老人手里什么也感觉不到了。

“它不可能游走的，”他说，“基督知道它是不会游走的。它正在转身回来。也许它以前上过钩，记忆犹新呢。”

接着他就感觉到钓线轻轻地动了一下，心里高兴起来。

“它刚才不过是在转身，”他说，“它会咬钩的。”

他觉出钓线轻轻地拖了一下，心里高兴起来。接着，他觉得钓线动得厉害，而且重得叫人难以相信，那是鱼的重量。于是他让钓线往下溜去，往下，再往下，放出了两卷备用线中的一卷。钓线轻轻地滑过手指往水下去的时候，老人仍能觉出巨大的重量，尽管拇指和食指之间几乎感觉不到什么拉力。

“多大的鱼呀，”他说，“这会儿正把鱼饵咬在嘴边，带着它走呢。”

然后它会转身，把鱼饵吞下去，他想。他并没有说出口，因为他知道，好事一出口就不一定会来了。他知道这是一条很大的鱼。他想象着这条鱼横叼着金枪鱼，在黑暗中游走。就在这个时候，他感到鱼不动了，但重量还在。接着重量增加了，他又放出一些线去。他一时加大了拇指和食指之间的拉力，钓线上的重量增加了，一直传递到水里。

“它已经咬钩了，”他说，“那我要让它吃个够。”

他让钓线从指间滑下去，一面向下伸出左手，把两卷备用线的一头系在另外一条钓线的两卷备用线的环扣上。现在，一切已准备就绪。这时除了正用着的线圈，他还剩三卷四十英寻长的备用钓线。

“再吃一点儿吧，”他说，“好好吃。”

吃吧，钩尖会刺进你的心脏，杀死你，他想。慢慢上来吧，让我把鱼叉刺进你的身体。行呀，你准备好了吗？你吃够了吗？

“好吧！”他大声说着，双手猛拉钓线，收回了一码，随之又一次次使劲往回拉，双臂轮番挥动，以身体重量做支撑，使出胳膊的全部力气把钓线往回拉。

但毫无结果。鱼一味地慢慢往外游，老人连一英寸都拉不上来。他的钓线很结实，是为钓大鱼而做的。他用背抵住钓钱，直至钓线绷得很紧，豆大的水珠从钓线上弹落下来。随后钓线开始在水里慢慢地发出咝咝声。他依然紧握钓线，身子抵住横坐板往后仰，顶住鱼的拉力。小船开始慢慢地朝西北方向漂去。

这条鱼不停地游着，鱼和船在平静的水面上慢慢前行。其他鱼饵仍在水里，不过没有动静，不需要操心。

“真希望那孩子在我身边，”老人大声说，“我被一条鱼拖着，成了系缆绳的桩子。我可以把钓线固定住，但那么一来，鱼就会绷断钓线。我得拼命拉住，鱼需要的时候就放一下。谢天谢地，鱼在朝前游，没有往底下钻。”

要是往底下钻，我该怎么办？我不知道。要是沉到水底，死在那里怎么办？我不知道。不过，我得想些法子，有好多事情是我能做的。

他用背抵住钓线，看着它斜插进水里。小船不停地往西北方向移动。

这会把它弄死的，老人想。它不可能永远这么游下去。可是四个小时之后，那条鱼依然拖着小船不停地朝远海游去。老人依然绷紧了斜背在肩上的钓线。

“我钩住它的时候是中午，”他说，“可是我还从没见过它呢。”

他钩住鱼之前，就已经把草帽拉得低低地紧扣在头上，这时草帽擦得额头生疼。他还觉得口渴，于是便双膝跪地，小心不去猛拉钓线，身子尽量往船头移动，一只手拿起了水瓶。他打开瓶子，喝了点水。接着便靠在船头歇息，坐在取下的桅杆和船帆上，竭力不去想什么，只是坚持着。

然后他回头瞧了瞧，却看不见陆地。能不能看见都一样，他想。我总能借着哈瓦那的灯光回家。离太阳下沉还有两个小时，也许在这之前它就会上来。要是这会儿不上来，也许月亮升起时会上来。要不，也许太阳升起时会上来。我没有抽筋，身子骨还很结实，而它却嘴里带着钩子。不过那是多大的鱼呀，拉力会这么大。它的嘴巴一定是紧紧被金属丝钩住了。真希望能看到它。就是看上一眼也好，好让我知道是跟什么样的东西在搏斗。

老人凭观察星星判断，整个晚上那条鱼既没有改变路线，也没有改变方向。日落后天气很冷，老人背上、胳膊上和老腿上的汗水都已经干了，身子发冷。白天，他已经把盖着鱼饵箱的麻袋拿起来，摊在太阳下晒干了。太阳下去后，他用麻袋裹住脖子，袋子拖下来盖在背上。他小心地将麻袋塞到斜背在肩上的钓线底下，让麻袋垫着钓线，他变换了姿态，俯身靠在船头上，几乎是很舒服了。这个姿势其实只是不那么难受而已，但他却认为算是舒服了。

我奈何不了它，它也奈何不了我，他想。只要它这么一直游下去，谁也奈何不了谁。

有一次他站起来，隔着船沿小便，看了看星星，又查看了一下航路。钓线从他肩上笔直地垂下来，在水里显出一道磷光。现在鱼和船移动得更慢了，哈瓦那的灯光已不再那么明亮，所以他知道水流准是将他们往东带去。要是望不到哈瓦那的灯光，我们一定是往东走得更远了，他想。如果鱼的路线不变的话，准还要好几个小时后才能看到灯光。不知道今天棒球大联赛的结果怎样，他想。干我们这一行的，要有一台收音机该多美。随后他想，老是想着这东西，想想你在干的事，你绝不能干蠢事。

接着他大声说："真希望那孩子在我身边，帮帮我也见见这种场面。"

一旦上了年纪，谁都不该单枪匹马了，他想。可是这又免不了。若要身强力壮，就得记着趁金枪鱼还没有坏就把它吃掉。记住，尽管你根本不想吃，你还是得在早晨吃下去。记住，他自言自语地说。

夜里两条海豚来到小船附近，他听得见它们翻滚和喷水的声音，他能分辨得出雄海豚喷水的声音和雌海豚叹息似的喷水声。

"它们很不错，"他说，"玩呀，闹呀，相亲相爱。它们像飞鱼一样，是我们的兄弟。"

随后，他开始怜悯起上钩的大鱼来。它很了不起，也很奇特，谁知道它几岁了，他想。我从来没有钓到过力气这么大，行动这么奇怪的鱼。它也许是太聪明了，所以才没有往上跳。要是跳起来或者疯狂逃窜，那我可能就毁了。但是，也许它以前多次上过钩，知道就该这么对抗。它不可能知道同它斗的就只有一个人，而且还是个老人。可是，这是一条多大的鱼呀！要是鱼肉好，在市场上能赚多少钱呀。它咬起饵来像条雄鱼，拖起来也像是雄鱼，对抗起来不慌不忙。不知道这是计谋呢，还是像我一样已经绝望了呢？

他还记得一对大枪鱼中的一条上钩的那一回。雄鱼总是让雌鱼先吃饵，上钩的那条雌鱼拼命挣扎，既惊慌又绝望，很快便筋疲力尽了。而雄鱼一直都陪伴着它，越过钓线，和它一起在水面打转。雄鱼靠得那么近，老人担心它的尾巴会将钓线割断，那尾巴像镰刀般锋利，大小和模样也都像镰刀。老人用手钩把雌鱼钩上来，抓住边缘像砂纸一样的长剑般的嘴，对着头顶敲打它，直到鱼的颜色转成镜子衬里的红色。随后又在男孩的帮助下把它拉到船上。而雄鱼一直陪伴在船边。后来老人在清理钓线、准备鱼叉的时候，雄鱼蹿到了船边上空，想看看雌鱼在什么地方。然后它钻进深水，张开紫色的翅膀，也就是胸鳍，露出所有宽阔的紫色条纹。它很美，老人记得，而且它一直陪伴着雌鱼。

这是我见过的最伤心的一幕了，老人想。男孩也很伤心，我们请求雌鱼的原谅后，迅速将它宰杀了。

“要是那孩子在就好了。”他大声说，靠在船头的圆形木壳板上，透过斜背在肩上的钓线，他感觉到了大鱼的力量。那条鱼一直随心所欲地游着。

我要的花招逼它做出了选择，老人想。

它选择待在黑暗的深水里，这样一切圈套、陷阱和花招都奈何它不得。我选择到谁都没去过的地方找它，那个地方世界上谁也没去过。此刻我们给拴在一起了，打从中午起就是这样。我们双方都没有帮手。

也许我不该当渔夫，他想。不过，我是为这而生的。我必须要记着天亮后把金枪鱼吃掉。

天亮前某个时候，什么东西咬了一下他身后的钓饵。他听见竿子折断了，钓线开始越过船舷往外飞驰。黑暗中，他解下带鞘的刀，让鱼的拉力压在左肩，身子往后仰，在船舷的木头上割断了钓线。随后，他又割断了最靠近他的另一根钓线，摸黑把两根备用钓线的断头接好。他单手熟练地操作着，把线结抽紧时，他的一只脚踩在钓线卷上，将它固定住。这样，他就有六卷备用线了，两卷是割断两个钓饵后得来的，还有两卷连着大鱼咬钩的钓线，这些线都被接在一起了。

天亮以后，他想，我要回头再处理一下那条四十英寻深的带钓饵的线，把它也切断，接上备用线。我将损失二百英寻长的加泰罗尼亚优质钓线①，还有鱼钩和接钩绳。这些倒是可以添置的。可是要是我钩住了其他鱼，而让这条鱼跑了，那还有什么办法补救呢？我不知道现在上钩的是条什么鱼。可能是条枪鱼，或者是箭鱼，要不就是鲨鱼。我摸不透，我得尽快把它处理掉。

他大声说："真希望那孩子在这儿。"

可是那孩子不在，他想。就只有你自己，现在你还是回头把最后一根钓线搞好吧，不管天黑不黑，把它割断，然后接上两卷备用线。

他说干就干，但在黑暗中不好操作。一次，那条鱼激起大浪，把他拖翻在地，脸朝下，眼睛下被割开了一条口子。鲜血从脸颊上流下，但却凝结了起来，还没到下巴就干了。他奋力回到船头，靠着木板休息。他整了整麻袋，小心挪动了一下钓线，换了个部位将它斜背在肩上，用肩膀固定住。他小心地试探了一下鱼的拉力，随后又用手感觉了一下小船在水中行进的速度。

---

① 原文为西班牙语。

我不明白它干吗要晃动，他想。金属接钩绳一定是滑到了它高高隆起的背上。当然，它的背不可能像我的背那样难受。但是不管鱼有多大，它总不能将小船永远这么拖下去。现在，一切可能引起麻烦的事情都解决了。而且我有充足的备用钓线以及一个男子汉所求的一切。

“鱼呀，”他轻轻地说出声来，“我会誓死奉陪到底。”

我猜想，它也会陪着我，老人思忖道。他等待着天明。拂晓前很冷，他紧贴着木板取暖。它能撑多久，我也能撑多久，他想。天边露出第一道光线时，钓线往外伸展，进入水中。小船不停地移动着。太阳露出第一道边时，阳光射在老人的右肩上。

“它一直在朝北游，”老人说。水流会把我们远远地朝东冲去，他想。但愿它会随水流转向，那就表明它累了。

太阳升得更高了，老人明白，大鱼并不累。只有一个迹象对他有利：钓线的倾斜度表明，鱼在水里游的深度已经比先前浅了。这并不一定意味着它就会跳上来。不过，它也许会跳上来。

“天主呀，让它跳吧，”老人说，“我有足够的钓线对付它。”

也许，我可以拉得紧一点，它感到难受就会跳了，他想。既然天已经亮了，那就让它跳吧，它脊骨上的气囊会充满空气，那就无法潜入深海里去死了。

他试着增加了拉力，但是自从鱼上钩以后，钓线已经绷得快要断了。他身子往后仰去拉的时候，感觉到线已经绷得很紧，他心里明白，不能再用劲了。我不能猛拉，他想。每猛拉一次，鱼钩割开的口子就会加大，那么大鱼一跳就可能会脱钩。不管怎样，太阳出来后我感觉好多了，终于不必眼朝太阳了。

钓线上挂着黄色的水草，但老人明白这只会增加鱼的阻力，他心里高兴起来，这是黄色的马尾藻，夜里发出强烈的磷光。

“鱼呀，”他说，“我喜欢你，也很尊敬你，但今天天黑之前，我要杀死你。”

希望如此，他想。

一只小鸟从北面朝小船飞来。这是一只刺嘴莺，在水面上低低地飞着。老人看得出来，这只鸟已经很疲倦了。

小鸟飞到船尾，在那儿歇息。接着它在老人的头顶上转圈，然后停在了钓线上，那儿更舒服些。

“你多大了？”老人问鸟儿，“是第一次上路？”

他说话的时候，鸟儿看着他。小鸟太疲倦了，甚至无心细瞧钓线，只顾摇摇晃晃在上面走着，纤细的脚爪紧紧攫住钓线。

“钓线很牢靠，”老人告诉它，“太牢靠了。一夜都没有风，你不该那么累。鸟儿们都怎么啦？”

那是因为鹰，他想，鹰飞到海上来找鸟儿。但他没有把这个告诉那只鸟，反正它也听不懂，但它很快就会领教鹰的厉害。

“好好休息吧，小鸟，”他说，“然后再出海，像所有男人，或者鸟儿，或者鱼儿那样，试试你的运气。”

他的脊背僵硬了一夜，现在痛得很，说话使他振奋起来。

“要是你高兴，就留在我家吧，小鸟，”他说，“很抱歉，我不能撑起帆，借着微风送你回去。不过我现在有朋友陪伴了。”

就在这时，大鱼猛地一拉，把老人拖得直往船头倒去，要不是他早有防备，放出了一段钓线，很可能就被拖下海了。

钓线突然晃动时，小鸟飞了起来，老人都没有看到它飞走。他用右手小心地摸了摸钓线，发现手在流血。

“什么东西伤着鱼了。”他大声说。他把线往回拉，看看能否让鱼转向。当他将线拉得快要绷断的那一刻，他却稳稳地把线握住了。他把身子往后仰，靠在拉紧的钓线上。

“现在你感觉到了吧，鱼呀，”他说，“天知道，我也一样。”

这时他举目四顾，寻找那只小鸟，因为他想有个伴儿。小鸟已经飞走了。

你没有待多久，老人想。除非你上了岸，不然你去的地方会更加艰难。鱼只猛拉了一下，我怎么就让鱼割伤了呢？我准是越来越蠢了。或者也许是我只顾着看那只小鸟，光惦记着它了。现在我要专心干活了，然后我还得把金枪鱼吃掉，免得力不从心。

“要是那孩子在这儿，还有一点盐就好了。”他大声说。

他把钓线的重量转移到左肩，小心地跪下来，在海里洗起手来，他把手浸在水里有一分多钟，看着鲜血漂散，看着小船移动时海水不停地拍打着他的手。

“这鱼慢多了。”他说。

老人本想把手在盐水里浸得更久些，但他担心大鱼又会猛拉钓线，于是站了起来，振作精神，举起手遮住阳光。不过是让钓线勒了一下，割破了肉。但那是用劲的地方。他知道在这事儿了结之前，还用得着这双手。他不想还没开始就负伤。

“现在，”手晒干了后，他说，“我得把小金枪鱼吃掉，利用手钩，我能够得着金枪鱼，可以在这儿舒舒服服地吃。”

他跪了下来，用手钩钩住了船尾的金枪鱼，朝自己拖过来，始终避开成卷的钓线。他再次用左肩扛住钓线，顶在左手和左胳膊上，然后从手钩的钩子上脱下金枪鱼，把手钩放回原地。他用一个膝盖压住鱼身，沿着鱼脖子到尾巴纵向剖鱼，切出一条条暗红色的肉来。这些鱼条呈楔形，他从紧靠脊骨的地方一直切到鱼肚子边上。他割下六条，摊在船头的木板上，在裤子上抹了抹小刀，逮住鱼尾巴，提起鱼骨，扔到了海里。

“我想一整条是吃不了的。”说着他在一根鱼条上横着划了一刀。他能感觉到钓线一阵阵拉动得厉害，而他的左手抽筋了。这只手紧拉着沉重的钓线，他厌恶地瞧了瞧自己的左手。

“这算什么手呀，”他说，“你乐意抽筋就抽吧。把自己弄得像爪子一样，对你没有什么好处。”

来吧，他想，他朝黑暗的海水里望去，看着倾斜的钓线。现在把它吃下去吧，这会让你的手有力气的。你的手并没有过错，而且你已经和鱼对峙好多个小时了。但你是能奉陪到底的。现在就把金枪鱼吃掉吧。

他捡起一片鱼，放进嘴里，慢慢地咀嚼着，并不觉得难吃。

好好嚼吧，他想，把汁水都吃掉。要是能加点酸橙，或者柠檬，或者盐倒是不坏。

“感觉怎么样，手？”他问抽筋的手，那只手几乎已硬得像僵硬的死尸，“我要为你再吃些鱼下去。”

他把切成了两半的那片鱼的另外一半也吃了，先细细地嚼着，然后把鱼皮吐了出来。

“效果怎么样，手？是不是还没到时候，没法知道？”

他又拿起了一整片，嚼了起来。

“这条鱼很强壮，血色也好，”他想，“我很幸运弄到了它，而不是鲯鳅，鲯鳅太甜。这鱼几乎没有甜味，力气还全在里面。”

除了实惠，别的都没有什么意思，他想。要是有点盐就好了。我不知道太阳是会把剩下的鱼晒烂掉，还是晒干，所以还是吃光好，尽管我还不饿。那条大鱼很平静，也很安稳。我要把鱼全吃掉，这样，我就能对付那条大鱼了。

“忍耐一下吧，手，”他说，“我这么做是为了你。”

我真希望能喂这条大鱼，他想。它是我的兄弟。但我得把它杀死，而且得精力充沛地干这事儿。他慢慢地专心地吃掉了全部楔形鱼条。

他直起腰来，在裤子上抹了抹手。

“现在，”他说，“你可以把钓线放掉了，手啊。我会单用右臂跟它干，直到你停止胡闹。”他用左脚踩住抓在左手里的沉重钓线，身子往后靠，用背部来顶住钓线的拉力。

“天主保佑我，别再让我抽筋了，”他说，“因为我不知道鱼会干什么。”

但是它似乎很平静，他想，而且在按计划行动。可是，它有什么计划呢，他想。我又有什么计划呢？因为它的个儿大，我的计划得随它的计划而改变。要是它往上跳，我可以杀死它。但是它却永远待在下面，那我也只好奉陪到底。

他在裤子上擦了擦抽筋的手，想疏松一下手指。可是他的手没有能张开。也许太阳升起的时候手会张开，他想。也许要等生猛的金枪鱼消化后才能张开。要是我非得用这只手，那我就会打开它，不惜一切代价。但是现在，我不想硬把它打开。让它自动打开，心甘情愿地恢复吧。毕竟在夜里不得不解开几根钓线时，我用手过度了。

他目光横扫海面，明白此刻自己是多么孤独。可是，他已能看到黑色深海里的折光了，看到钓线往前伸展，看见平静的海面上波涛奇怪地起伏。此刻，贸易风刮得乌云集结了起来。他往前看去，只见一群野鸭越过水面，在天空的映衬下露出清晰的身影，然后模糊了，然后又清晰起来。他明白，在海上谁也不会感到孤单。

他想起来，有些人就怕乘着小船离开陆地，他知道现在正处于天气突然变坏的季节。而现在他们正碰上飓风季节，没有飓风的时候，飓风季节的天气是一年中最好的。

飓风来临的前几天，要是你在海上，就可以在天空中看到征兆。在岸上，人们是看不到的，因为不知道该看什么，他想。陆地上也会出现异常，云彩的形状就会不同。但现在是不会有飓风的。

他望了望天空，只见白色的积云已经生成，像一堆诱人的冰淇淋。高高的上空，九月高远的天际映衬着薄薄的羽毛般的卷云。

“微风[①]来了，”他说，“鱼呀，这样的天气对我比对你更有利。”

他的左手还在抽筋，但正在慢慢地松开。

我讨厌抽筋，他想。这是跟自己的身体过不去。要是食物中毒，当着

① 原文为西班牙语。

别人拉肚子或者呕吐是很丢脸的。但是抽筋——他把它叫做calambre[①]——是对自己的羞辱，尤其是孤身一人的时候。

那孩子要是在这儿，就可以替我揉一揉了，从前臂往下，松一松手，他想。不过手终究还是会松开的。

那时他还没看到水中钓线的倾斜度已经变了，右手就已经感觉到了拉力的变化。随后他靠在钓线上，左手快速有力地拍打着大腿的时候，看见钓线慢慢地往上倾斜。

“它上来了，”他说，“张开吧，手呀。请你张开。”

钓线慢慢地不断往上升，接着，小船前方的洋面鼓了起来，大鱼露头了。它不停地冒出来，海水从身子两侧泻下。太阳下，大鱼亮晃晃的，头部和背部为深紫色。在阳光的照射下，鱼身两侧的条纹显得很宽，带着淡紫色。它剑状的嘴像棒球棒那么长，由粗变细，活像一把长剑。它从水里钻出来，露出整个身体，随后又像潜水员那样流畅地再次滑入水中。老人看到大镰刀般的尾巴钻了下去，钓线开始飞速往外蹿。

“它比我的小船长两英尺。”老人说。钓线往外拉得很快，但又很稳，大鱼还没有惊慌。老人用双手拉住钓线，发力正好，不会将钓线拉断。他知道要是他不能稳步施压，使大鱼减速，这条鱼很可能会拉光所有的钓线，并把它拉断。

它是条大鱼，我得使它信服，他想。我决不能让它知道自己有多大力量，或者一旦逃起来有多大能耐。我要是它，此刻会使出浑身力气跑掉，直到拉断钓线。不过，谢天谢地，它们并不像要杀死它们的人那么聪明，尽

① 西班牙语，意为“抽筋”。

管它们更高尚，更有能力。

老人见过很多大鱼。他见过很多超过一千磅的鱼，此生还捉到过两条那么大的鱼，但从来不是单枪匹马的。而现在，他看不见陆地，又和他所见过的最大的鱼拴在一起，这条鱼比他听说过的任何一条鱼都要大，而且他的左手依然紧缩得像抓紧的鹰爪。

不过左手的抽筋会好的，他想。肯定会松开，来帮助右手的。有三件东西彼此是兄弟：鱼和我的双手。它得恢复，真没用，竟会抽筋。这条鱼又慢下来了，按它平常的速度继续游。

我不明白它为什么会跳，老人想。它跳起来，几乎像是要让我瞧瞧它有多大。无论如何，我现在明白了，他想。我真希望能让它看看我是怎样一个人。但那样它会看到我的手在抽筋。让它认为我比现在的我更有男子气概吧，我会是那样的。但愿我是那条鱼，他想，那样就可以利用它的一切仅仅是对付我的意志和智慧。

他舒适地靠在木板上，忍受着发作时的疼痛。而这条鱼稳稳地游着，小船慢慢划过深色的海水。东风起了，海上泛起了小小的波涛。中午时分，老人的左手不再抽筋了。

“鱼呀，对你来说，这是个坏消息。”他说完把盖着肩膀的麻袋上的钓线移了移。

他很舒服，但也很痛苦，尽管他根本不承认痛苦。

“我不信教，”他说，“但我要说十遍《天主经》和十遍《圣母经》，好让我抓住这条鱼，而且我答应，如果我抓住了它，我一定到科伯圣母那儿去朝圣。我许愿。”

他开始刻板地祈祷起来，有时累得忘了祷告词便说得很快，好顺口而出。《圣母经》比《天主经》容易说，他想。

“大恩大德的马利亚，天主与你同在。你是女人中有福的。你生命的果实耶稣也是有福的。圣灵马利亚，圣母马利亚，替我们这些罪人，现在和临终时刻祈祷吧。阿门。”接着，他又说：“万福圣母马利亚，为这条鱼的死亡祈祷吧，尽管它很了不起。”

做完了祷告，他感觉好多了，但痛楚依然，也许还更糟一点。他倚在船头的木板上，开始机械地活动起左手的手指来。

这时微风徐来，太阳却还是很热。

“我还是再给船尾外头的那条小钓线装上钓饵吧，”他说，“要是这条鱼决心再待上一夜，那我要再吃些东西，而且瓶里的水也不多了。我想这儿只能搞到鲯鳅。要是趁着新鲜的时候吃，鲯鳅也不坏。真希望今晚会有一条飞鱼落到船里。可是我没有光来引诱飞鱼。飞鱼生吃味道好极了，又不需要切成块。现在我得保存所有力气。天主呀，我不知道它会那么大。”

“我还是要把它宰了，”他说，“不管它有多么伟大和荣耀。”

不过这不公平，他想。但是我要让它看看，一个男子汉有多大能耐，有多少耐力。

“我告诉过那孩子，我是个怪老头，”他说，“现在是我必须证明这话的时候了。”

他已经证明了上千次，但这并不说明什么。现在，他正在再次证明。每一次都是新的一次，而每次证明的时候他从不回想过去。

但愿它会睡着，那样我也可以睡了，可以梦见狮子，他想。为什么狮子成了留下的主要念想呢？别想了，老家伙，他自言自语。轻轻地靠在木板上休息，什么也别想。它正在忙着呢。你可要尽量少动。

快到下午了，船还是又慢又稳地移动着。但现在，微微的东风给船增添了阻力，老人驾着细浪，轻悠悠地漂流。斜背在肩上的钓线引起的伤痛变得舒缓而平和。

下午有一回钓线开始上升。但那条鱼只不过是在稍高一点的地方继续游罢了。太阳照在老人的左臂、左肩和背部，他据此判断，鱼已经转到东北方向了。

那条鱼老人已经见过一次，所以能想象出它在水里游的样子，紫色的胸鳍像翅膀一样张开，笔直的大尾巴划破幽暗的海水。不知道它在那么深的海里能看见多少，老人想。它的视力很好，马的视力虽然要差得多，却也能看见黑暗里的东西。以前我在黑暗中也能看得很清楚，不过不是那种一团漆黑的地方，那时候我的视力差不多跟猫一样好。

由于阳光的作用以及手指不断的活动，他的左手现在一点都不抽筋了。他开始把更多的负担转移到左手，他耸了耸肩上的肌肉，稍稍摆脱了一点钓线造成的伤痛。

“鱼呀，要是你还不累，”他大声说，“你一定是不同寻常的了。”

这时他已经很累。他知道夜会很快到来。他竭力要想些别的事情，他想起了大联赛，用他的话说就是Gran Ligas[①]，他知道纽约扬基队在和底特律老虎队[②]比赛。

---

① 西班牙语，意为“大联赛”。

② 原文为西班牙语。

现在比赛已进入第二天了，我还不知道比赛[1]的结果，他想。但我得有信心，要对得起名将迪马乔，他干什么都完美，甚至脚跟上长了骨刺，痛得厉害也是这样。骨刺是什么东西？他问自己。Un espuela de hueso[2]。我们不长骨刺。它会不会像斗鸡脚上的距铁扎进脚跟那么疼？我想我忍受不了那种痛苦，我也不像斗鸡，被啄瞎了一只眼睛或者两眼都瞎了还能继续战斗。和那些厉害的鸟兽相比，人算不得什么。我宁愿做待在黑暗的海底的那家伙。

“除非有鲨鱼要来，”他大声说，“要是鲨鱼来了，愿天主怜悯它和我。”

你认为名将迪马乔守着一条鱼，能像我守这条鱼这么久吗？他想。可以肯定他会，而且会守得更久，因为他年轻力壮。更何况他父亲是个渔夫。但是那骨刺会让他疼得受不了吗？

“我不知道，”他大声说，“我从来没有长过骨刺。”

太阳下去了。为了给自己鼓气，他忆起了卡萨布兰卡一家小酒店的情景。那时他同一个大块头黑人比手劲，那人来自西恩富戈斯，是码头上最强壮的人。他们拗了一天一夜，肘子撑在桌面的粉笔线上，前臂伸直，两人的手紧紧抓住。双方都想把对方的手压倒在桌上。很多人都下了赌注。汽油灯下，人们进进出出。他瞧了瞧那黑人的胳膊、手和脸。双方较量了八个小时之后，便每四个小时更换一次裁判，好让裁判有时间睡觉。血从他和黑人的手指甲上涌出，双方都盯住对方的眼睛、手和前臂。下注的人走进走出，坐在靠墙的高高的椅子上，观看比赛。墙壁是木头做的，漆成了

① 原文为西班牙语。

② 西班牙语，意为“骨刺”。

鲜艳的蓝色，灯把两人的影子投到了墙上。黑人的影子很大，微风吹动灯具时，影子在墙上摇曳。

整个晚上优势在两人之间变来变去，他们给黑人喂朗姆酒，还给他点了烟。朗姆酒一下肚，那黑人会拼命使劲。一次，他把老人，当时还不是老人，而是冠军[1]圣地亚哥，把他的手扳下去将近有三英寸。但是老人又把手扳了回来，形成双方势均力敌的态势。那一刻他有把握击败黑人，那是个好人，一个伟大的运动员。天亮时，打赌的人要求把比赛判为平局，但裁判直摇头。这时老人用足气力，把黑人的手压得低下去，低下去，直至落到了木桌板上。比赛从星期天早上开始，到星期一早上才结束。很多参赌的人要求以平局了结算了，因为他们都得去码头卸下一袋袋的糖，或者去哈瓦那煤矿公司干活。要不然，人人都是想让比赛进行到底的。但不管怎么说，他结束了比赛，而且是赶在大家得去干活之前。

打那以后好长一段时间，人人都叫他冠军。到了春天，又进行了一次回访赛。不过这次赌注下得不多，老人轻而易举地赢了，因为在第一场比赛中，他摧毁了那个西恩富戈斯黑人的信心。从那以后，他又参加了几次比赛，后来就没有再参加了。他确信，只要他很想击败谁，就能击败谁。他也确信，比手劲对用来钓鱼的右手不好。在几次练习赛中，他试着用左手。可是左手一直叛逆，不听使唤，所以他不信任左手。

现在太阳会把左手烤热的，他想。除非夜里冷得厉害，它不该再抽筋了。天知道夜里会发生什么。

一架飞机飞过他的头顶飞向迈阿密，他瞧着飞机的影子惊起了一群群

---

① 原文为西班牙语。

飞鱼。

“有那么多飞鱼，就应该有鲯鳅。”他说着把身子往后仰，靠在钓线上，看看能不能把鱼拉近些。但是不行。钓线一直硬邦邦的，上面抖动着水珠，马上就要断裂。小船慢慢地往前移动，他瞧着飞机，直至它消失。

在飞机上一定会觉得很新奇，他想。从那个高度往下瞧，不知道海会像什么样子？要是飞得不太高，一定能望见鱼。我想在两百英寻的高度上慢慢地飞，从上面往下看鱼。在捕龟船上，我爬上过桅顶横杆，即便在那个高度也能看得见很多东西。从那儿看下来，鲯鳅显得更绿，你能看清它们的条纹和紫色的斑点，还有整个游动的鱼群。为什么在黑色的水流中快速游动的鱼，背部都是紫色的，通常还有紫色的条纹和斑点？当然鲯鳅之所以在水里看上去是绿色的，是因为它实际上是金黄色的。但是鲯鳅饿得发慌要吃食的时候，身子两侧就会像枪鱼一样透出紫色条纹。难道是因为发怒，或者游得更快的缘故？

天快黑的时候，他们经过一大片马尾藻。马尾藻在微波细浪的海面上漂动，就仿佛大洋跟黄色毯子下某种东西在做爱。这时有一只鲯鳅在他的细钓线上咬饵。他初次看到鲯鳅是它跳到空中的时候，在最后一缕阳光中，很像是真的金子，它在空中狂野地摇尾屈身，惊慌中一次次跳出水面，仿佛在做杂技表演。老人挪到船尾，蹲下身子，用右手和胳膊抓住粗钓线，左手把鲯鳅往回拉，每拉回一段钓线，左脚就赤脚踩上去。鱼到了船尾，绝望地左右乱窜，老人仰靠在船尾，提起那条带紫色斑点、金光闪闪的鱼，把它拉进船尾。鱼嘴颤动着在钩子上急促地张合不停，扁长的鱼身、鱼尾和鱼头在船底乱撞，直到老人猛击金闪闪的鱼头，那条鱼才打了个颤，不动了。

老人从鱼钩上取下鱼，又装上一条沙丁鱼做钓饵，把钓线扔到海里。接着，他慢慢地将身子挪回船头，洗了洗左手，在裤子上擦了擦。随后，他把沉重的钓线从右手转移到左手，又在海水里洗了洗右手，他看着太阳沉入大海，看着倾斜的粗钓线。

“它一点都没有改变。”他说。但是看着流动的海水打在手上，他发现水流明显慢了下来。

“我把两根桨捆在一起，横放在船尾，好让那条鱼在夜里能慢下来，”他说，“它能熬夜，我也可以。”

还是过会儿把鲯鳅的肠子去掉好，那样能把血保留在鱼肉里，他想。这事可以过一会儿再干，同时我还可以把桨绑在一起，增加些阻力。现在我还是让鱼保持安静，日落时别太惊扰它。太阳下沉时，所有的鱼都会感到难受。

他在空中晾干了手，随后抓住钓线，身子尽量放松，顶住木板，让钓线把自己往前拉，使小船和他承受同等的，甚至更多的拉力。

我在学着干这种事，他想。至少是这部分活儿。另外，他又想起来了，这条鱼从上钩以后还没有吃过东西，而它个儿又那么大，吃得也会很多。我吃了整条金枪鱼，明天我还要吃鲯鳅。他把鲯鳅叫做“黄金[①]”。也许我在掏鱼肠的时候就该吃掉一些。这种鱼比金枪鱼要难吃，可是话得说回来，干什么都不容易。

“你感觉怎么样，鱼？”他大声问，“我感觉很好，左手好多了，又有

---

① 原文为西班牙语。

够我吃一天一夜的东西。鱼呀，你就拖着船走吧。”

他的感觉并不是真的很好，因为勒在背上的钓线引起的疼痛几乎已经超越了疼痛，变成了他不信任的麻木。不过我经历过比这更糟的事情，他想。我的手只不过割破了一点点，另一只手已经不再抽筋了，我的双腿没有毛病，而且在食物上我现在也比它更有优势。

这时天黑了。九月里，太阳一下沉，天很快就黑了。他靠在船头磨损了的木板上，尽情地休息。第一批星星出来了。他不知道猎户座左下方那颗最亮的星的名字，但是他看到了这颗星，而且知道这些星星很快都会出来，他又有那些遥远的朋友了。

“那条鱼也是我的朋友，”他大声说，“我从来没有见过或者听过这样的鱼。但是我得把它宰了。幸亏我们不必去宰星星。”

设想有人每天得去宰月亮，他想。月亮会逃走。但是设想有人每天得去宰太阳呢？我们生来就很幸运，他想。

接着他为那条没有东西吃的大鱼感到难过，但是难过归难过，他要宰它的决心却未减。它能喂饱多少人呀，他想。但是他们配吃它吗？不，当然不配。它的行为、它伟大的尊严让谁都不配吃它。

我不明白这些事儿，他想。好在我们不必去宰太阳，或者月亮，或者星星。生活在海上，宰杀我们真正的朋友，已经够受的了。

现在他想，我得考虑一下阻力问题。这有利有弊。要是那条鱼使起劲来，而船桨造成的阻力又在，小船就没有那么轻巧了，然后我会放出很长的钓线，鱼也会因此逃走。小船的轻巧延长了我们双方的痛苦，但这正是我的安全所在，因为鱼的速度惊人，只不过没有施展出来罢了。不管会发生什么，我都得掏出鳍鳅的肠子，免得整条鱼变坏，并且吃一些鱼补补身体。

现在我要休息一个多小时，感觉一下，确保那条鱼确实还结实，而且很安稳，然后再回到船尾去干那活儿，再做决定。同时我还可以看看它有什么动静，是否有什么变化。两把船桨是个好招，不过现在到了稳扎稳打的时候了。这条鱼还是很有本事，我看到鱼钩钩住了嘴角，而它却紧闭嘴巴。鱼钩的伤害算不得什么，饥饿的煎熬以及跟一个它一无所知的对象较量才是根本问题。歇一下吧，老头儿，等下趟活儿来了再干。

他自己估摸歇了有两个小时。月亮要到很晚才出来，他没法判断时间。他的休息也只是相比较而言，其实他没有真正休息。他的肩上依然背负着鱼的拉力，不过他把左手靠在船头的舷边，把鱼的抵抗力越来越多地转嫁给小船本身。

要是把钓线固定住的话，那会多简单呀，他想。但鱼只要一挣扎，线就会断掉。我必须用身体缓冲钓线的拉力，而且双手随时准备放出一段钓线。

“可是你还没有睡过觉，老头儿，”他大声说，“已经半天一夜了，现在又是另外一天了，你还没有睡过觉。要是它还安稳，你就得想个招儿睡一会儿。你不睡觉，脑子就会不清楚。”

我头脑很清醒，他想。太清醒了，像我的星星兄弟们那么清醒。但我还是得睡觉。它们睡觉，月亮和太阳都睡觉，某些波澜不惊，海面平静的日子，甚至连海洋都睡觉。

但是记住要睡觉，他想。一定要让你自己睡觉，想个简单可靠的办法来处理钓线。现在回去收拾鲯鳅吧。要是你一定得睡觉的话，把船桨绑起来增加阻力就太危险啦。

我不睡觉也行，他自言自语，不过会很危险。

他开始手膝并用爬回船尾，小心不去猛拉钓线。它也许是半睡半醒，他想。但我不要它歇下来，它得一直这样拉到死。

他回到船尾，转过身来，让左手抓住斜背在肩上的钓线，右手将刀拉出刀鞘。这时，星星很亮，他能看清鲯鳅。他把刀插进鱼头，把鱼从船尾下方拖了出来。他一只脚踏在鱼上，很快将它破开，从肛门一直破到下颚尖。随后他放下刀，用右手去掏肠子，把肠子掏干净，把鱼鳃全拉掉。他觉得鱼胃在手里沉甸甸、滑溜溜的，便把它剖开。里面有两条飞鱼，硬挺挺的，很新鲜。他把两条鱼并排摆着，把鱼肠和鱼鳃丢到船外。这些东西沉入海水，留下了一条磷光。鲯鳅身子冰冷，星光下露出麻风病人皮肤般的灰白色。老人右脚踩在鱼头上，剥下一边的鱼皮，然后把鱼翻了个身，剥掉另外一边的鱼皮，把两边的鱼肉从头到尾割了下来。

他让鱼骨挨着船舷滑下去，看看水里有没有打旋。但只看到慢慢下沉的磷光。他回过身来，把两条飞鱼裹在两块鱼肉里面，把刀插回刀鞘。他慢慢地将身子挪回船头。在钓线的重压下，他弯着背，右手拿着鱼肉。

回到船头，他把两块鱼肉和两条飞鱼并排放在木板上。接着他把斜压在肩上的钓线换了个位置，又用左手抓住钓线，把手靠在船舷上。随后他身子侧向一边，在水里洗起了飞鱼，留意着海水打在手上的速度。他的手剥了鱼皮后闪着磷光，他观察着水流击打他的手。水流不那么急了。他在小船的船壳外板上擦手的时候，磷光闪闪的微粒在海面上漂浮着，慢慢地漂向船尾。

“它越来越累了，要不就是正在歇息，”老人说，“现在让我吃掉鲯鳅，休息一下，睡一会儿。”

星空下，夜越来越冷。他吃掉了半片鲯鳅肉和一条去头去肠的飞鱼。

“要是烧熟吃的话,鲯鳅是多好的鱼呀，”他说，“而生吃，它又多么蹩脚！下回要是不带盐或者酸橙的话，我就不上船了。”

我要是有脑子的话，我就会整天往船头泼水，让它晒干，变成盐，他想。话得说回来，我是在太阳快下去时才钓到鲯鳅的。不过还是准备不足。但我还是把它全都嚼下去了，也没有反胃。

东边的天空布满了阴云，他熟悉的星星也一颗颗消失了。看来仿佛他正掉进一个云团大峡谷。风也息了。

“三四天后，坏天气就要来了，”他说，“不过今天晚上和明天不会。现在准备一下，睡一会儿吧，老头儿，趁鱼平静安稳的时候。”

他右手紧握钓线，然后让大腿抵着右手，斜倚着把浑身的重量压在船头的木板上。接着他把肩上的钓线拉低了一点，用左手撑住它。

钓线只要这么撑着，右手就能把它握住，他想。睡着时要是钓线松了，往外滑去，我的左手就会把我弄醒。这样右手会很辛苦，但它吃惯了苦。就是睡上二十分钟或者半个小时也好。他俯身向前，整个身子紧紧夹住钓线，所有的重量都落在右手上，然后他就睡着了。

他没有梦见狮子，却梦见了一大群海豚，绵延八到十英里。这正是交配季节，海豚会高高地蹿到空中，再落回跃起时留在水中的水涡里。

后来他梦见自己躺在村里的床上，而且刮起了强劲的北风，他很冷，右手麻木了，因为头枕在了手上，不是枕头上。

后来他开始梦见长长的黄色海滩，看见狮群中的第一头狮子傍晚时下到了海滩。接着，其余的狮子也来了。他把下巴靠在船头的木板上。船抛了锚停在那里，晚风徐徐吹向海面。他等着看更多的狮子下来，心里很愉快。

月亮升起来已经好久了，但他还在睡，大鱼平稳地拖着，小船掉进了云彩的隧道里。

他的右拳猛地砸在脸上，把他弄醒了，钓线从右手滑出去。左手已经失去了知觉，不过他用右手全力制动，钓线却飞了出去。最后他的左手找到了钓线，他把身子往后仰，抵住线，背部和左手被钓线勒得火辣辣地痛。左手承受着全部拉力，被勒得很深。他回头看了看线圈，看见钓线正顺畅地放出去。就在这时，那条鱼跳了起来，掀起巨大的海浪，随后重重地落了下来。尽管钓线飞快地往外溜，老人也已把钓线拉得快要断掉，而且一次次拉到这个地步，那鱼还是一次次跳起来，小船也驶得很快。他被拉倒了，紧紧靠着船头，脸贴在切成条的鲯鳅上，动弹不得。

我们等的就是这个，他想。那现在就让我们来承受吧。

要让它为钓线付出代价，他想。要让它为钓线付出代价。

他看不见鱼跃，只听见海水迸裂和鱼落下时巨大的溅水声。钓线飞速送出，严重割伤了他的手。不过他一直知道这会发生，所以竭力让钓线勒在长茧的部位，不让它滑到手掌上，或者伤着手指。

那孩子要是在这儿，就会弄湿线圈，他想。是的。要是那孩子在这儿。要是那孩子在这儿。

钓线溜呀，溜呀，不停地溜出去，但现在慢了下来，他正让鱼为拖出的每英寸付出代价。这时他从木板上，从被脸压碎的鱼条里抬起头来。随后跪在地上，慢慢地站了起来。他一直在放出钓线，但越来越慢。他挪动着，回到能用脚触摸到但却看不到的线圈那儿。剩下的钓线还很多，现在这条鱼得克服摩擦力，把新线拉进水里。

是的，他想。它已经跳了十几次了，背囊里充满空气，不可能潜入深水，死在我没法把它弄上来的地方。它很快就会打旋，那我就得对付它了。不知道它为什么突然惊跳起来。可能是饥饿使它不顾一切，或者是夜里受到了什么惊吓？也许它突然感到害怕了。可是它那么镇静，那么强壮，似乎信心十足，无所畏惧。真是奇怪。

“你最好也信心十足，无所畏惧，老头儿，”他说，“你又把它逮住了，但却收不回钓线。不过很快它得打旋。”

老人用左手和肩膀把鱼控制住，弯下身子，用右手舀了些水，把脸上的碎鲯鳅肉洗掉。他担心这东西会弄得他恶心、呕吐，然后丧失体力。洗完脸后，他又在船边的海水里洗了右手，在盐水里浸了一会儿，瞧着太阳升起前第一线曙光的来临。它几乎在朝东移动，他想。这说明它累了，在随波逐流。很快它得打旋。到那时硬仗就开始了。

他估摸着右手在海水里浸得够长了，便抽了回来，瞧了瞧。

“还可以，”他说，“男子汉不在乎这点痛。”

他小心地抓住钓线，不让它嵌进刚勒伤的地方，他挪了挪身子的重心，腾出左手，把左手从小船的另一边浸入海水。

“你这只手虽然没用，但干得还不坏。”他对左手说，“不过有一阵子，你可没有帮上忙。”

为什么我不是生来就有两只好手呢？他想。也许这是我的不是，我没有好好训练那只手。但是天知道它曾有过足够的学习机会。不过夜里它干得倒还不坏，只抽了一次筋。要是再抽，就让钓线把它勒断算了。

想到这里，他知道自己的脑子不清醒了，想起了要再嚼一些鲯鳅。但是我不能这样，他对自己说。与其因为呕吐而丧失体力，还不如这样昏头昏脑好些呢。我也知道，就算我吃了，胃里也留不住，因为我的脸都贴上去过了。我会把它留到紧急情况下吃，只要它还没坏掉。但现在要通过补营养来长力气已经晚了。你真傻，他对自己说，把另外一条飞鱼吃了不就行了。

飞鱼就在那儿，去了肠子，随时都可以吃。他用左手捡起鱼，吃了起来。他细细地嚼着骨头，连尾巴都吃了下去。

飞鱼的营养几乎比其他的鱼都要好，他想。至少它能让我长力气，我需要的就是这个。现在能做的都已经做了，他想。让它开始打旋吧，让战斗开始吧。

这是他出海以来太阳第三次升起了。这时候，鱼开始打旋了。

从倾斜的钓线上，他看不出鱼在打旋，现在似乎还为时尚早。他只觉得钓线的拉力隐约有点松了。他开始用右手轻轻地拉了拉钓线。像平常一样，钓线绷紧了，不过就在快要断裂的时候，钓线却开始往回收了。他的肩膀和脑袋从钓线下钻了出来。他开始又轻又稳地把钓线往回收，挥动着双手，使出浑身气力，他的身体和双腿都来帮忙。他的两条老腿和肩膀也随着挥舞的双手转动着。

“这是个很大的圈子，”他说，“不过它确实是在打转了。”

随后钓线再也收不进来了，他拉住钓线不动，看见阳光下钓线上迸出了水珠。接着钓线开始往外拉了，老人跪了下来，很不情愿地让鱼回到深暗的海水里。

“现在它正旋转到了圈子的最远处。”他说。我得用足力气拉住钓线，他想。每一次用劲拉都会缩小它转的圈子。也许一个小时之后我就会看到它。现在我必须驯服它，然后宰了它。

但是这条鱼继续慢慢地转着圈子。两个小时后老人大汗淋漓，累到了骨子里。不过圈子越来越小，从钓线的倾斜度他可以推断出这条鱼已经一边游一边不断往上浮了。

老人眼前发黑已经有一个小时了，带盐味的汗水流进了眼睛，渗进了眼睛上方和额头上的伤疤。他不担心眼前发黑。拉钓线时他使足了劲，眼前发黑是很正常的。不过有两次他觉得头昏眼花，这倒让他担忧起来了。

“我可不能自暴自弃，就这么死在一条鱼面前，”他说，“既然我已经让它乖乖地过来，天主呀，帮助我挺住吧。我会说一百遍《天主经》，一百遍《圣母经》。不过现在我可没法说。”

权当已经说过了，他想。以后再补吧。

恰在这时，他双手抓住的钓线猛地一撞一拉，来势很猛，硬邦邦、沉甸甸的。

它在用矛一样的嘴巴撞击金属接钩绳，他想。这是必定会发生的，它不得不这样做。不过这会让它跳起来，我倒是情愿它继续打转。为了呼吸空气，它必须跳起来。但是每跳一次都会拉大鱼钩造成的伤口，最后它可能会脱钩逃走。

“别跳了，鱼呀，”他说，“别跳。”

这条鱼又撞击了金属接钩绳几次，每次鱼头一撞，老人就送出一小段钓线。

我必须让它在老地方痛，他想。我的疼痛没有什么大不了的，我能控制。但是它的疼痛会让它发疯。

过了一会儿，大鱼不再撞击金属接钩绳，又开始慢慢地打转。现在老人正不断地收回钓线。但是他又觉得头晕了。他用左手舀起一点海水，淋在头上。然后又淋了一点水，擦了擦颈背。

“我没有抽筋，”他说，“它很快就会浮上来，不过我能坚持住。你必须得坚持住，这是不用说的了。”

他跪下来靠在船头。暂时把钓线再次背在背上。现在，趁它转远的时候，我歇一歇吧，然后等它转过来，我再站起来对付它，他决定了。

他很想在船头歇一下，就让鱼转了一个圈子，却不往回收线。不过线的拉力说明大鱼已经回头朝小船游来。这时老人站了起来，开始转动身子，双手像织布一样来回拉，收回了所有拉过来的钓线。

我从没这么累过，他想。现在刮起了贸易风，不过这有利于把它拉上来，我太需要这风了。

“等它下次朝外面转圈的时候，我会歇一歇的。”他说，“我感觉好多了。那样的话，再转上两三圈，就能逮住它了。”

他的草帽戴得很靠脑后，他感觉到鱼在转身，结果钓线扯得他一屁股坐在了船头。

鱼呀，你忙吧，他想。你转身时我再收拾你。

海浪大了许多。不过吹的是预示晴天的风，他需要这种风送他回家。

“船只要朝西南方向开就行了，”他说，“男子汉从不会在海上迷路，况且这不过是个长长的岛屿①。”

鱼在转第三圈的时候，他第一次看到它了。

他先看到的是一个黑色的影子，那影子费了好久才钻出小船，他简直难以相信鱼身会那么长。

“不，”他说，“它不可能有那么大。”

但是它就是有那么大，转了这一圈以后，它浮出了水面，与他相距只有三十码。老人看到鱼尾露出水面，比一把大镰刀的刀刃还要长，在深蓝色的海面上呈淡紫色。鱼尾巴往后倒，掠过海水。鱼在海面上游的时候，老人能看见巨大的鱼身以及上面紫色的带状条纹。鱼的背鳍朝下，巨大的胸鳍张得很大。

鱼转这一圈时，老人能看见鱼眼睛，还有两条鲫鱼在它旁边游着。它们时而贴近它，时而逃窜开，时而又悠闲地在它的影子里游弋。两条鱼每条都不止三英尺长，游得快时像鳗鱼一样甩动着整个身子。

现在老人在冒汗，除了因为太阳，还有别的原因。每逢大鱼平静地转身，老人都会收回钓线。他肯定，再转两圈，他就有机会把鱼叉插进鱼身了。

但我必须把它拉得靠近，靠近，再靠近，他想。鱼叉千万别插在头部，而必须插进心脏。

① 指古巴的地形像一个岛。

“镇静些，用足力气，老头儿。”他说。

在接下来的打转中，大鱼已经露出背来，但离船还是远了一些。再接下来打转时，它离船仍旧太远，但出水更多了。老人确信再收回一些钓线，他可以把它拉到船边了。

他早就准备好了鱼叉，叉上的那卷轻绳放在一个圆形篮子里，绳的另一头系在船头的缆桩上。

大鱼打着转靠近了，这时它很沉着，看上去很漂亮，只有大尾巴还在划动。老人用尽力气把它拉得靠近些。一刹那间，大鱼往侧面斜了一下，随后竖直身子，又开始打起转来。

“我拉动它了，”老人说，“我拉动它了。”

他再次感到头晕，但还是使出浑身力气拉住大鱼。我把它拉动了，他想。也许这回就能把它拉过来了。拉呀，手，他想。撑住呀，腿。帮忙坚持一下，脑袋。帮忙坚持一下。你从来没有晕倒过。这回我就要把它拉过来了。

但是大鱼还没有靠近，他就使出浑身劲儿拼力拉钓线，大鱼被拉得侧了过来，但随之又竖直身子，游走了。

“鱼呀，”老人说，“鱼呀，反正你是死定了。难道你要把我也弄死？”

那样的话，我就会一无所获了，他想。他的嘴巴干得说不出话来，却又够不到水。这回我必须把它拉到旁边来，他想。我撑不了几圈了。是的，你行，他对自己说，你永远都行。

下一次转圈时，他差点把它逮住了。可是大鱼又竖直身子，慢慢地游走了。

你要弄死我，鱼，老人想。不过你有权这样做。我还从来没有见过比你更大、更漂亮，或者更沉着、更高尚的东西，兄弟。来吧，把我弄死吧，我不在乎是谁杀了谁。

现在你脑子迷糊了，他想。你得保持头脑清醒。你得保持头脑清醒，知道如何像男子汉那样吃苦，或者像鱼一样，他想。

“清醒些，脑袋，”他说，声音轻得几乎听不见，“清醒些。”

鱼又转了两圈，还是老样子。

我不知道这是怎么回事，老人想。每次他都觉得自己差不多要昏倒了。我不知道这是怎么回事，但我会再试一次。

他又试了一次，把鱼拉得斜过来的时候，他又觉得自己就要昏倒。鱼竖直身子，又慢慢地游走了，巨大的尾巴在海面上摇摇晃晃地前进。

我会再试一下，老人许诺说，尽管这时他的双手已经软弱无力，眼睛只能一阵阵看清东西。

他又试了一下，结果还是老样子。就这样了，他想，他觉得还没动手他就已经要昏过去了。我要再试一次。

他忍受着一切痛苦，拿出余下的力气和早已丧失的自尊来对付鱼的痛苦挣扎。鱼朝他身边游过来，在一旁温顺地游着，鱼嘴几乎碰到了小船的船壳外板。鱼开始从小船旁游过，身子又长又宽，入水很深，银光闪闪，布满紫色条纹。在水里，鱼身显得长不可测。

老人丢下钓线，一只脚踩在上面，把鱼叉举得尽可能的高，用足力气，加上刚刚鼓起的劲儿往下刺去，刺进了大胸鳍后面的背部，那胸鳍耸起在空中，跟老人的胸部一般高。他感觉到铁尖已经插进去，便倚在鱼叉上，借着浑身的重量，把鱼叉又往里插。

随后，鱼又活蹦乱跳起来，尽管已是必死无疑。它高高跃出水面，展示了它巨大的长度和宽度以及所有的力和美。它似乎悬在半空，就在船中老人的头上。接着，它啪啦一声掉进水里，溅起水沫，落在老人的身上和整条船上。

老人觉得昏眩，恶心，看不清东西。但还是放出了鱼叉线，让它慢慢地从擦破了皮的手中送出去。待眼睛管用时，他看见鱼已经背朝下，银白色肚皮向上翻了。鱼叉柄从鱼的肩部斜伸出来。鱼的心脏里流出鲜红的血，使海水变了色。开始是暗黑色，像一英里多深的蓝色海水里的鱼群。然后像一朵云那么扩散开去。鱼呈银白色，一动不动，随海浪漂浮着。

老人在眼睛好使的那一刹那仔细地瞧着。然后，他把鱼叉绳在船头的缆桩上绕了两圈，将脑袋靠在手上。

"保持头脑清醒，"他靠在船头的木板上说，"我是个累得不行的老人。但我已经杀死了这条鱼，它是我的兄弟。现在我得干苦活了。"

现在我得准备绳套和绳索，把它绑在船旁边，他想。即使我们有两个人，往小船里灌满水把鱼放进去，再把船里的水舀干，这条小船也绝对装不下它。我得把一切都准备好，把它拉近、捆绑好，再竖起桅杆、撑起帆回家。

他开始把鱼拉近到他身边，以便把一根绳索塞进鱼鳃，从嘴里穿出来，把鱼头绑在船头边。我要瞧瞧它，他想，我要碰碰它，摸摸它。它是我的财富，他想。但是这不是我想摸它的原因。我想我摸到了它的心，他想，就在我第二次把鱼叉扎进去的时候。现在我要把它拉近，拴住，用一个绳套缚住尾巴，另一个绳套捆住鱼身中部，将它绑在小船上。

“动手吧，老头儿，”他说着喝了一小口水，“现在搏斗已经结束，但还有很多苦活要干。”

他仰望天空，接着又看了看船外的鱼。他仔细瞧着太阳。现在才刚过正午，他想。贸易风起来了。钓线已经毫无用处。到了家，孩子和我会把它们捻接起来的。

“过来吧，鱼。”他说。但是鱼没有过来，却躺在海水里，翻滚着。老人将小船朝它靠过去。

待他和鱼并排，鱼头靠着船头时，他简直难以相信这条鱼会那么大。他把鱼叉上的绳索从缆桩上解下，穿过鱼鳃，从嘴里拉出来，在鱼嘴上绕了一圈，穿过另外一边鱼鳃，又在鱼嘴上绕了一圈，将这两股绳打成一个结，系在船头的缆桩上。他割下一段绳子，到船尾用绳套缚住鱼尾巴。这条鱼已经从原先的紫色和银色转为了纯粹的银色，鱼身上的条纹露出尾巴一样的淡紫色。这些条纹比男人张开手指的手还要宽，鱼眼睛看上去像潜望镜里的镜片或是游行队伍里的圣徒那样冷漠。

“要宰杀它，只有用这个办法。”老人说。喝了水后，他感觉好些了。他知道自己不会晕过去了，他的头脑是清楚的。看样子它会超过一千五百磅，他想。也许还要多得多。如果它开膛洗净后的重量还剩下三分之二，按三毛钱一磅算，一共该是多少钱呢?

“我需要用铅笔来算算，”他说，“我的脑袋还没那么清楚。不过我想名将迪马乔今天会为我感到自豪。我没长骨刺，但手和背痛得厉害。”不知道骨刺是什么，他想。也许我们长了骨刺却并不知道。

他把鱼绑在船头、船尾和船中间的横坐板上。这条鱼那么大，仿佛是在小船旁边捆绑了一条大得多的船。他割下一截绳子，把鱼的下巴在鱼嘴上缚紧，免得嘴巴张开，行起船来好尽可能利索些。接着，他竖起桅杆，撑起那根用做手钩的木棒和吊杆，张开打了补丁的风帆，小船便起航了。他半躺在船尾，朝西南方向驶去。

他不需要指南针来辨别西南方向。他只要感觉一下贸易风和帆的飘向就行了。我还是放出一根带勺形假饵的细线，设法搞点吃的，润一润喉咙。但他找不到勺形假饵，而沙丁鱼都已经烂掉了。于是经过一簇黄色马尾藻时，他就用手钩把它钩了上来，抖了抖，里面的小虾都落到了船壳外板上，总有十多只，都像盲潜蚤那样活蹦乱跳。老人用大拇指和食指把虾头掐了就吃，连同虾壳和尾巴都嚼了下去。虾很小，但他知道它们有营养而且味道也不错。

老人的瓶里还有两口水，吃完虾后他喝了半口。考虑到现有的障碍，船已经行驶得不错了，他把胳膊搁在舵柄上驾驶着。他能看到那条鱼，只要瞧一瞧自己的手，感觉到背靠在船尾，就知道这是确确实实的事，不是梦。有一度，他感觉很不好，觉得快要完蛋了，他想这也许是一场梦。后来，他看到鱼跃出水面，一动不动地悬在半空中然后才落下来，他敢肯定这很有些奇妙，令他难以相信。随后，他的眼睛就看不清了，尽管现在视力已跟往常一样了。

现在，他知道鱼已经到手，他的手和背也不是梦。手恢复得很快，他想。我让手里的血放光了，盐水能治愈它们。真正的海湾深色水是世上最好的良药。我所要做的就是保持头脑清醒。双手已经尽职了，小船也行驶得很好。鱼嘴闭着，鱼尾直上直下地摆动，我们像兄弟一样行驶着。后来，他的脑袋有点迷糊了，他想是鱼带我回家，还是我带着鱼回家呢？要是我将它拖在船后，那就不存在这个问题了。或者，要是鱼在小船里，失去了一切尊严，那也不会有问题了。但是，他们并排绑着，一起往前驶去。老人想，要是这让它高兴，就算是它带我回家吧。我不过是用了诡计才比它强，而且它并不想伤害我。

他们行驶得很顺利。老人把双手浸在盐水里，并竭力保持头脑清醒。高高的天空中飘着积云，上方有很多卷云，由此老人知道整个晚上都会有风。老人不时去瞧那条鱼，以肯定这是真的。一个小时之后，第一条鲨鱼袭击了这条大鱼。

鲨鱼的来袭并不偶然。它是从深水里游上来的，因为黑云状的鱼血沉积下来，散布在一英里深的海里。鲨鱼上来得那么快，毫无预兆地划破蓝色的海水，出现在太阳底下。随后，它又回到水里，捕捉到血腥味，开始顺着小船和鱼的航道游来。

有时候，鲨鱼会找不到气味，但又会重新捕捉到它，也许不过是蛛丝马迹，鲨鱼却会游得很快，紧追上去。这是一条很大的灰鲭鲨，生来游得跟海里最快的鱼一样快。除了鱼嘴，浑身都很漂亮。它的背像箭鱼的背那么蓝，肚皮为银色，鱼皮光滑漂亮。它的体态像箭鱼，就是那张大嘴不一样。这时它嘴巴紧闭，贴着水面游得很快，高高的背鳍刀子一般在水里穿行，毫不抖动。在紧闭的双唇里，八排牙齿向内倾斜。这不是大多数鲨鱼常见的金字塔形牙齿，样子倒像卷成爪子模样的人的手指。它的牙齿跟老人的手指差不多长，两侧有着像剃刀般锋利的刀口。这种鱼生来就是捕食海里所有鱼的，速度那么快，体格那么强壮，又是全副武装，所以没有其他敌人。现在，它闻到了新鲜的血腥味，便开始加速，蓝色的背鳍划破了海水。

老人看着鲨鱼过来，知道它天不怕地不怕，想干什么就干什么。他一边看着鲨鱼靠近，一面准备好鱼叉，把绳子系紧了。可是绳子太短，缺了一截，就是割下来捆鱼的那一截。

老人脑子清醒好使，决心很大，却不抱什么希望。好景不长，他想。瞧着鲨鱼逼近，他看了看那条大鱼。也许这只是一场梦，他想。我不可能阻止它攻击我，但也许我能逮住它。登土鲨[①]，他想。叫你妈倒霉。

鲨鱼快速靠近船尾，在袭击大鱼的时候，老人见它张开大嘴，眼睛怪怪的，牙齿咔嚓一声插进鱼尾上方的鱼肉。鲨鱼的头钻出水面，背也露了出来，老人听见鲨鱼撕开大鱼皮肉的声音，他把鱼叉猛地往下刺向鲨鱼头部，插进两眼之间那条线与从鼻子笔直往后的那条线的交点上。其实那些线是不存在的。只有厚重尖利的蓝色脑袋，巨大的眼睛，咔嚓作响、吞噬一切的攻击性的嘴巴。不过那是鱼脑所在，老人刺中了这个地方。他用血汁模糊的双手使出全身力气，把鱼叉结结实实地刺了进去。他刺的时候不抱希望，却带着决心和十足的恶意。

鲨鱼翻过身来，老人看见它的眼睛已没有了生气。随后鲨鱼又翻了个身，身上裹了两圈绳索。老人知道鲨鱼已经死了，但它不愿接受死亡。接着，鲨鱼肚皮朝天，甩动着尾巴，咯咯地咬着嘴巴，像一艘快艇似地破浪前进。尾巴击水的地方泛起了白色的水花，绳索绷紧了，颤抖着，最后断

① 原文为西班牙语，此处为音译，用于称呼灰鲭鲨。

掉了。这时，鲨鱼四分之三的身体完全露出水面，在那儿静静地躺了一会儿，老人瞧着它。随后，鲨鱼慢慢地下沉了。

“它叼走了近四十磅肉。”老人大声说。还带走了我的鱼叉和全部的绳索，他想。现在我的大鱼又在淌血了，而且还会有其他鲨鱼来袭的。

大鱼被咬得不成样子，他不想再去看它了。鱼受到袭击时，仿佛他自己受到了袭击。

不过，攻击我那条鱼的鲨鱼被我给宰了，他想。我见到过的登土鲨就数它最大。天主知道，我是见过大鲨鱼的。

好景不长，他想。我现在真希望这是一场梦，希望我根本没有钓到过这条鱼，希望独个儿在床上躺在报纸上。

“但是人不是为失败而生的，”他说，“一个人可以被毁灭，却不能被打败。”不过我还是很难过，我竟宰了这条鱼，他想。现在困难的时刻就要来临，而我连鱼叉也没有了。登土鲨血腥、能干、强壮、聪明。不过我比它还聪明。也许不是这样，他想。也许只不过是我比它武装得更好而已。

“别想了，老头儿，”他大声说，“顺着这条航线走吧，事情来了再应付。”

但是我必须要考虑。因为我只剩下这么点事儿了，这件事和棒球赛。我刺进了它的脑袋，不知道名将迪马乔会怎么想。这没有什么了不起，他想。谁都能做到。但是，你认为我双手造成的麻烦，会像骨刺那么大吗？我无法知道。我的脚后跟从来没有出过事，除了有一次，游泳时被踩着的一条魟鱼刺了一下，下半条腿麻木了，疼得无法忍受。

“想些开心的事儿，老头儿，”他说，“现在，你每过一分钟就离家更近一点。少了四十磅，船行驶起来就更轻松了。”

他心里很明白进了水流深处会发生什么事情。但现在是没有办法可想了。

“不对，有办法，”他大声说，“我可以把刀绑在船桨柄上。”

他用胳膊夹着舵柄，脚踩着帆脚索，把这件事做了。

“现在，”他说，“我虽然还是个老头儿，但并不是手无寸铁的了。”

这时微风吹来了，船走得很顺。他只看着鱼的前半段，恢复了一些希望。

人不抱希望是很傻的，他想。另外，我相信这是罪过。别去想罪过了，他想。现在，没有罪过已经够麻烦了。而且，我又不懂什么是罪过。

我不懂这东西，也说不准是不是相信这东西。也许杀了这条鱼就是罪过。我猜想是的，即使我这么做是为了养活自己，为了让很多人有鱼吃。但那样的话，干什么都是罪过。别想罪过了。就是要想，也已经太晚了，何况有人是受雇来考虑罪过的。就让他们去思考吧。就像鱼生来是鱼那样，你生来就是个渔夫。圣彼得[①]是个渔夫，就像名将迪马乔的父亲是个渔夫一样。

不过，他喜欢考虑自己卷入的一切事情。既然没有书读，又没有收音机听，他便想了很多，而且继续想着罪过的问题。你把鱼杀了，不光是为了活命和卖给人家当食品，他想。你杀它是出于自尊，因为你是个渔夫。它活着的时候你喜欢它，死了你还是喜欢。要是你喜欢它，杀了它就不是罪过。要不，会不会是更大的罪过？

“你想得太多了，老头儿。”他大声说。

① 耶稣刚开始传道时在加利利海边所收的四个门徒之一。

但是，你享受杀死登土鲨的乐趣，他想。它同你一样，以活鱼为生。它不是食腐动物，也不像某些鲨鱼那样只是个活动饭袋。它漂亮、高尚、无所畏惧。

"我出于自卫杀了它，"老人大声说，"而且杀得干净利落。"

另外，他想，某种意义上说，是一物杀一物。捕鱼能要我的命，也能让我活着。那孩子让我活着，他想。我决不能太自欺欺人。

他靠在船边，从被鲨鱼咬过的鱼身上撕下一块肉。他咀嚼着，发现肉质很好，味道鲜美，像猪肉一样，肉很紧，汁水多，但色不红。鱼肉里没有什么筋，在市场上能卖出最高价。但就是没法去除鱼在水里留下的血腥味。老人知道，大难就要临头了。

风不断地吹着，稍稍逆转为东北方向，他知道那意味着风势不会减弱。老人往前望去，却看不见任何船帆，也不见船身，或者从船上冒出的烟。只看见飞鱼从船头跃起，滑向两边，还有一簇簇黄色的马尾藻。他甚至连一只鸟都看不到。

他一边驾着船走了两个小时，一边在船尾歇息，有时嚼一点枪鱼肉，养精蓄锐，这时他看到了两条鲨鱼中的第一条。

"Ay。"他大声说。这是个无法翻译的字眼，也许不过是一个人觉得钉子穿过手，钉进了木头，不由自主发出的一种声音。

"加拉诺鲨[①]。"他大声说。他看见第二个鳍紧跟着第一个出现了，从褐色的三角形的鳍和尾巴大幅度摆动的样子，他认出这是六鳃鲨。这两条鲨鱼闻到了血腥味，激动不已，却因为饿傻了，激动中忽而迷失，忽而又找

① 原文为西班牙语，此处为音译，用于称呼六鳃鲨。

到了血腥味。但是它们一直在靠近小船。

老人系好帆脚索，卡住舵柄。随后拿起绑着刀子的船桨，尽可能轻地举了起来，因为双手已疼得不听使唤了。接着，他张开手，轻轻地握住船桨，让双手松弛下来。他一边握紧双手，使它们忍住疼痛而不畏缩，一边看着鲨鱼过来。现在，他看得见鲨鱼那又宽又扁铲子一般尖利的头了，还有那顶端是白色的宽阔胸鳍。这是两只可恶的鲨鱼，是臭烘烘的食腐动物，也是杀手，它们一旦饿慌了连桨和舵都会咬。就是这种鲨鱼会在海龟熟睡在水面上时，咬掉它们的腿和鳍状肢。要是饿了，它们甚至会攻击人，即使人身上没有鱼的血腥味和鱼的粘液。

“Ay,”老人说，“加拉诺鲨，来吧，加拉诺鲨。”

它们来了，但过来的方式和灰鲭鲨不同。其中一条打了个弯，钻到小船底下，不见了踪影。老人能感觉到小船在摇晃，原来鲨鱼在撕拉着大鱼。另外一条鲨鱼张着细长的黄眼睛，瞧着老人。随后它飞快地游过来，张开半圆形的大嘴，朝着鱼被咬过的地方咬下去。鲨鱼褐色的头顶以及脑袋与脊髓相接的背部，露出一道清晰的条纹。老人把绑在桨上的刀往那个交叉点刺去，再拔出来，又刺进鲨鱼猫眼一样的黄色眼睛里。鲨鱼放下大鱼，往水下溜，临死前吞食了咬走的鱼肉。

另一条鲨鱼还在糟蹋着大鱼，弄得小船依然晃个不停。老人松开帆脚索，好让小船往侧面倾斜，露出船底的鲨鱼来。他一见鲨鱼便靠到船边去刺它。他刺中的只是鱼肉，鱼皮死硬，刀子才勉强刺进去，却震得他双手和肩膀生疼。鲨鱼飞快地浮上来，脑袋露出水面，老人趁鲨鱼的鼻子出水倚着大鱼的时候，对着它扁平脑袋的正中扎了下去。老人又拔出刀刃，对着同一个地方再次扎下去。鲨鱼咬住大鱼，嘴巴挂在大鱼上。老人刺进它左眼，鲨鱼却依旧悬在那儿。

“这还不行吗？”老人说，把刀刃刺进鲨鱼脊椎和脑袋之间的地方。这一下很容易扎，而且他觉得鲨鱼的软骨断了。老人将桨倒过来，把桨片塞进鲨鱼嘴巴，要把它撬开。他旋转了一下桨片，鲨鱼松开了嘴巴，老人说：“别停下，加拉诺鲨，溜到底下一英里深的地方去吧。去见你的朋友，或者，见你妈去吧。”

老人擦了擦刀刃，把桨放下了。随后他找到了帆脚索，这时船帆已经鼓起，他把小船调整到原先的航道上。

“它们准已咬走了四分之一条鱼，而且是最好的肉。”他大声说，“但愿这是一个梦，但愿我从来没有钓到它。鱼呀，我为此感到抱歉，这把一切都弄糟了。”他停了下来，现在已不想再看那条鱼。它流尽了血，又经海浪拍打，颜色看上去像镜子银白色的背衬，但身上的条纹依然很显眼。

“我不该离岸那么远，鱼，”他说，“你不该，我也不该。很抱歉，鱼。”

好吧，他自言自语地说，瞧瞧刀上的捆索，看有没有被割断。然后保养好你的这双手，因为还会有更多的鲨鱼来。

“但愿我有一块磨刀石，”老人检查了桨柄头上的捆索后说，“我应该带一块磨刀石来。”你应该带上很多东西，他想。但是你没有带，老头儿。现在不是去想缺少什么的时候，该想一想凭现有的东西你能做什么。

“你给了我很多忠告，”他大声说，“我听厌了。”

他把舵柄夹在胳膊下，小船向前行驶的时候，他把双手浸在海水里。

“天知道最后一条鲨鱼叼走了多少鱼肉，”他说，“但是现在小船轻多了。”他不愿去想咬烂了的鱼腹。他明白，鲨鱼每猛烈撞击一次，就是撕掉一块肉。这条鱼给所有的鲨鱼在海里留下了一条长长的血腥带，足有公路那么宽。

这条鱼够一个人吃一冬，他想。别往那儿想了。还是好好歇息，努力把双手调养好，保住剩下的鱼肉吧。比起水里的气味来，我手上的血腥味根本不算一回事，更何况出血又不多。割破的地方已无碍，左手出血还可以让手不再抽筋。

现在我能想什么呢？他想。没有什么是可以想的。我什么也别想，光等后面的鲨鱼来吧。但愿这真的是一场梦，他想。但是谁知道呢？也许结局会很好。

接着赶到的是一条独来独往的六鳃鲨。要是猪有那么大的嘴，让你可以把头伸进去，那么这条鲨鱼活像是一头直奔食槽的猪。老人任它袭击大鱼，接着他把绑在桨上的刀往下一推，刺进了鲨鱼的脑袋。不过鲨鱼滚动着身子，往后急退，折断了刀子。

老人静下心来操舵。他甚至没有去看大鲨鱼慢慢地下沉，起初露出整个身子，后来变小了，后来成了一丁点。那情景常使老人着迷，但这一回，他连看都没看。

“现在我还有那把手钩，”他说，“但那东西没有用。我有两把桨，还有舵柄，还有短棍。”

现在它们把我击败了，他想。我太老了，没法用棍子把鲨鱼打死。但是，只要我还有桨、还有短棍、还有舵柄，我就要试一试。

他又把手浸到海水里。这时已渐渐到了傍晚，除了大海和天空，什么也看不到。空中的风比刚才要大了。他希望不久会看到陆地。

“你累了，老头子，”他说，“你的心累了。”

直到日落之前不久，鲨鱼才又来攻击。

老人看到几根棕色的鳍，它们沿着准是大鱼在水中留下的宽阔踪迹追踪过来，甚至没有东闻西嗅寻找气味，便直奔小船，并排游着。

他卡住了舵，系好帆脚索，伸手到船尾下去拿棍子。这是一把断桨的柄，锯成了大约两英寸半长。因为手柄很短，他只能用一只手发力。他右手拿起短棍，紧紧握住，看着鲨鱼过来。两条都是加拉诺鲨。

“我得让第一条鲨鱼牢牢咬住了再动手打它的鼻尖,或者直接打它的头顶。”他想。

两条鲨鱼同时逼近。他看见离他最近的一条张大嘴巴，咬住了大鱼银色的一侧，于是便高高举起短棍，重重地敲了下去，打在鲨鱼大脑袋的顶上。短棍敲上去有一种敲在坚实的橡皮上的感觉。但是他也感觉到了僵硬的骨头。鲨鱼从大鱼身上往下滑的时候，他又狠狠地敲打鲨鱼的鼻尖。

另一条鲨鱼在游进游出，这时张大了嘴又游过来了。鲨鱼撞击着大鱼，咬紧了嘴巴，老人看到几块白花花的鱼肉从它的嘴角上挂下来。他向这条鲨鱼打去，却只敲在头上。那鲨鱼看着他，把肉叼走了。鲨鱼溜走，把肉吞下的那一刹那，老人再次挥动短棍朝它打去，却只击在厚实的橡皮上。

“来吧，加拉诺鲨，”老人说，“再游过来吧。”

鲨鱼急匆匆游过来了，正要合上嘴巴，老人就下手了，把短棍举得不能再高了，结结实实地打了它。这回他觉得打到了脑袋根部的骨头。鲨鱼无力地把肉叼走，从大鱼身上滑下来的时候，老人又敲打了同一个地方。

老人提防鲨鱼再来，但没有一条再露面。随后他看到一条在水面上打转，却没有见到另外一条的鳍。

我不能指望把它们给宰了，他想。年轻时倒是可以的。不过，我已让它们俩都受了重伤，没有一条会好过。要是我能用双手击棍，那肯定能把第一条宰了，甚至就是现在也行，他想。

他不想去看大鱼，知道半条鱼已经给咬烂了。他同鲨鱼搏斗时太阳已经下沉。

“天很快就会黑，”他说，“然后我该看到哈瓦那的灯光。要是我往东太远了，我会看到其中一个新近开发的沙滩的灯光。”

现在我不可能离陆地太远了。我希望没有人会太担心。当然只有那个男孩会担心。但是，可以肯定他很有信心。很多年长一点的渔夫会担心，很多其他人也会担心，他想。我生活在一个很好的小镇里。

他没法再跟鱼说话了，因为它已经被咬得稀巴烂。随后他想起了什么。

“半条鱼，”他说，“你原来是整条的。很遗憾我走得离岸太远了。我把我们俩都毁了。不过我们还是宰了很多鲨鱼，你和我，而且也毁了很多别的鱼。你宰过多少鱼，鱼老？你头上的矛不是白生的。”

他喜欢想这条鱼，想它要是能自由游弋，会怎样对付一条鲨鱼。我应该砍下它的嘴巴，用它来跟鲨鱼搏斗，他想。可是没有斧子，更没有小刀。

但是，如果我有，而且能够将鱼嘴绑在桨柄上，那会是一件多好的武器！那样我们就可以共同对付鲨鱼了。要是它们晚上来，你怎么办呢？你能做什么呢？

“同它们斗，”他说，“我会一直斗到死。”

但现在一片漆黑，不见光亮，也没有灯光，只有风在刮，帆不住地拖扯着。他觉得说不定自己已经死了。他双手并拢，碰了碰手掌。双手并没有死，只要一开一合，就能感到活生生地痛。他背靠船尾，知道自己并没有死，这是肩膀的疼痛告诉他的。

我还有那些祈祷要做，要是捕到鱼的话，我答应过要做的，他想。但是现在我累得做不动了。我还是把麻袋拿来披在肩上吧。

他躺在船尾，操着舵，等待天空出现亮光。我还有半条鱼，他想。也许我走运，能把前半条带回去。我得有点运气。不，他说，你走得离岸太远，这就毁了你的运气。

“别傻了，”他大声说，“别睡着了，掌你的舵。你可能还有不少运气呢。”

“要是有地方出卖运气，我倒愿意买一些。”他说。

我用什么来买呢？他问自己。难道用丢掉的鱼叉、断了的小刀，还有一双坏手？

“也许你可以，”他说，“你在海上待了八十四天，想要拿它来买运气。它们也差一点卖给你了。”

我决不能胡思乱想了，他想。运气是以很多不同的形式出现的，谁能认出它来呢？不过我愿意买一些，不管以什么形式，不管要多少钱。但愿我能看到灯火的亮光，他想。我希望得到的东西太多。但这是我现在希望得到的东西。他竭力把自己安顿得舒适些来操舵，而且他知道自己并没有死，因为身上还在疼。

准是在夜里十点左右，他看到了城市灯光的倒影。开始不过隐约可见，就像月亮升起前的天光。随后，隔着随风力加大而变得汹涌的海洋，这些光渐渐地清晰了。他在光影中驾驶着，想必很快就会抵达海流的边缘了。

现在事情已经过去了，他想。它们很可能会再来袭击我。但是，一个人没有武器，身在黑暗中，拿什么来跟它们斗呢？

现在他身子又僵又疼，他的伤口和身上所有的用力部位在夜晚的寒气中痛得厉害。我希望不必再搏斗了，他想。我多么希望不必再搏斗了。

但是到了半夜，他还是搏斗了，这回他明白搏斗是徒劳的。它们成群地游来，他只能看到它们的鳍在水中划出一道道线，还有它们扑向大鱼时留下的磷光。他用短棍去打鲨鱼头，听见鲨鱼嘴巴咔嚓咬下去，在底下咬住大鱼时小船在摇晃。他只能凭感觉和听觉死命打下去，只觉得短棍被什么东西抓住，就没了。

他猛地从船舵上拉下舵柄，用它乱打乱砍，双手握住舵柄一次次猛砸下去。但是这时它们到了船头，一个接着一个，或者成群地扑上来，把肉一块块地撕下。转身再来时，这些肉在水下闪着光。

最后一条鲨鱼向鱼头直扑过去，他知道这下完了。这时鲨鱼的嘴被撕不下来的沉甸甸的鱼头卡住了，他用舵柄砸向鲨鱼头，一次、两次，砸了又砸。他听见舵柄断了，便用断柄刺向鲨鱼。他觉出断柄刺了进去，知道它很锋利，于是又往里刺。鲨鱼松开嘴巴，打着滚游走了。那是鲨鱼群中最晚来的一条，再也没有东西可供它们吃的了。

这时老人差点连气都透不过来了，他觉得嘴里的味道怪怪的，是一种铜臭味，甜甜的。他害怕了一阵子，不过那味道并不太重。

他往海里吐了口痰，说："你吃吧，加拉诺鲨。做个梦吧，梦见你杀了一个人。"

他知道自己终于被击垮了，而且无法进行任何补救。他回到船尾，发现尽管舵柄的一头已经参差不齐，但还是能塞进舵孔，让他对付着可以驾驶。他把麻袋披在肩上，驾着小船上路了。他轻松地驾着船，没有任何想法和感觉。他现在已经超脱一切，只是尽心尽力地驾着小船朝目的港驶去。夜里鲨鱼袭击了鱼骨，就像人从桌上捡起面包屑那样。老人不去理它们，除了驾驶，他什么也不在意。现在他只注意到，没有了船边的重物，小船行驶起来那么轻巧、那么顺畅。

这船不错，他想。除了舵柄，它完好无损，而舵柄是很容易更换的。

他能感觉到小船已驶进海流，看得见岸上沙滩村落的灯光了。他知道现在他已经到了哪里，回家已是毫不费力了。

无论如何，风是我们的朋友，他想。随后他补充道，有时候是。还有大海，海里有我们的朋友和敌人。还有床，他想。床是我的朋友。就只是床，他想。床是一件了不起的东西。被打垮倒反而轻松了，他想。我从来不知道会这么轻松。是什么把你击垮的呢？他想。

“什么也没有，”他大声说，“我出海太远了。”

他驶进小港的时候，露台饭馆屋顶上的灯灭了，他知道大家都已上床。海风越刮越大，这时已十分强劲，但是海港十分宁静。他驶进了岩石下的一小片砂石滩，没有人帮忙，他便独自把船往上划，离海尽量远些。随后他跨出船，把小船系在一块岩石上。

他取下桅杆，卷起船帆，把它捆好。接着他扛起桅杆，开始往上爬，这时候他才知道自己有多累。他停了一会儿，回头瞧了瞧，在水里街灯的倒影中，看到了巨大的鱼尾，直竖着，好长一段拖在船尾后面。他看到了背脊裸露的白线，黑乎乎的鱼头，伸出的长嘴，头尾之间光秃秃没有一点肉。

他又开始往上爬，到了顶上摔倒了，他躺了一会儿，桅杆斜压在肩上。他挣扎着要起来，但太难了。他扛着桅杆坐在那儿，朝路那边望去。一只猫从路对面经过，忙着自己的事儿。老人看着它。然后他只是瞧着路。

最后他放下桅杆，站了起来。他又拿起桅杆，放在肩上，开始往上走，坐下来歇了五次才走回自己的小棚屋。

在棚屋里，他把桅杆竖在墙边，摸黑找到了一个水瓶，喝了口水。随后他在床上躺了下来。他把毯子拉过来盖在肩上，然后盖在背上和腿上，他脸朝下趴在报纸上，胳膊伸直，掌心朝上。

早上那孩子从门外探进头来时，他正在熟睡。风刮得太厉害，漂浮着的船只不会出海。孩子睡得很晚，而且跟每天早晨一样，他来到老人的棚屋。孩子看见老人在呼吸，随后又看到了他的手，于是便哭了起来。他悄悄地出门去弄些咖啡，一路都在哭着。

很多渔夫围在船边，看着绑在船沿上的东西。其中的一个卷起了裤腿站在水里，用一段绳子在丈量鱼的骨架。

孩子没有下去，他已经去过那里。一个渔夫在为他看管小船。

“他怎么样？”一个渔夫叫道。

“在睡觉呢。”孩子叫道。他不在乎人家看见他在哭，“谁也别去打搅他。”

“从鼻子到尾巴有十八英尺长。”正在丈量的渔夫叫道。

“我相信。”孩子说。

他走进露台饭馆，要了一罐咖啡。

“要热的，多加些牛奶和糖。”

“还要别的吗？”

“不要了，等会儿我看他能吃些什么。”

“多好的鱼呀，”老板说，“从来没有见过这样的鱼。你昨天捕到的两条也是好鱼。”

“活见鬼，我的鱼。”孩子说着又哭了起来。

“你要什么饮料吗？”老板问。

“不要，”孩子说，“告诉他们别打搅圣地亚哥。我会回来的。”

“告诉他我心里有多难过。”

“谢谢。”孩子说。

孩子拎了一罐热咖啡，走到了老人的棚屋，坐在他旁边，直到老人醒过来。有一回他看上去像是醒来了，但是又沉沉地睡过去了。孩子穿过马路，借些木头来热咖啡。

老人终于醒来了。

“别坐起来，”孩子说，“喝点这个。”他往杯子里倒了些咖啡。

老人接过咖啡，喝了下去。

“它们打垮了我，曼诺林，”他说，“它们确实打垮了我。”

“它没有打垮你，那条鱼没有打垮你。”

“是的，确实不是。那是后来的事。”

“佩德里科照看着小船和渔具。你打算将鱼头怎么办？”

“让佩德里科把它切碎做诱饵吧。”

“还有尖尖的鱼嘴呢？”

“你要就留着吧。”

“我要，”孩子说，“现在我们得计划一下其他的事情了。”

“他们找过我吗？”

“当然，动用了海岸警卫队和飞机。”

“海洋那么大，船又那么小，很难看得到。”老人说。他注意到，有人可以交谈，而不是自言自语和对着大海说话，是件多么愉快的事儿。“我想着你呢，”他说，“你捕到什么啦？”

“第一天一条，第二天一条，第三天两条。”

“很好啊。”

“现在我们又可以一起捕鱼了。”

“不，我的运气不好。我再也不会走运了。”

“让运气见鬼去吧，”孩子说，“我会带来运气。”

“你家里人会怎么说？”

“我不在乎。昨天我捉到了两条。但现在我们要一起捕鱼了，我需要学的还很多。”

“我们得搞一支很好的鱼镖，一直在船上备着。你可以用旧福特车上的弹簧片做刀刃。可以拿到瓜纳瓦科阿去打磨。这样应该会很锋利，不要回火，免得把它弄断了。我的刀就断了。”

“我再搞一把刀，把弹簧磨好。这大风要刮多少天？”

“可能三天。也可能更长一点。”

“我把一切都准备好，”孩子说，“你把你的手养好，老爷子。”

“我知道怎么保养。夜里，我吐出了一些奇怪的东西，觉得胸膛里什么东西坏了。”

“把那也养好，”孩子说，“躺下，老爷子，我会把你的干净衬衫送来，还有一些吃的。”

“我不在的那些日子的报纸，也拿一份来。”老人说。

“你得尽快养好，我有那么多东西要学，而你什么都能教。你受了多少苦呀？”

“很多。”老人说。

“我会送吃的和报纸过来。”孩子说，“好好休息，老爷子。我会从药店给你搞些治手的药来。”

“别忘了告诉佩德里科，鱼头归他了。”

“不会忘记的，我记着呢。”

孩子出了门，沿着破损的珊瑚石路走着，又哭了起来。

那天下午，露台饭馆里来了一群游客，其中一个女的往下瞧着海水，在空啤酒罐和死魣鱼中间，看到了一根又大又长的白色脊柱骨，骨头的末端耸立着一个巨大的尾巴。东风在港口不断掀起大浪的时候，尾巴随波涛起伏着。

“那是什么？”她指着大鱼长长的背脊骨问一个侍者，现在背脊只不过是一堆垃圾，等着被潮水冲走。

“Tiburon①，”侍者说，“Eshark②。”他正打算解释一下事情的来龙去脉。

“我以前可不知道鲨鱼有这么漂亮、样子这么好看的尾巴。”

① 西班牙语，意为“鲨鱼”。

② 侍者用英语表达“鲨鱼”时的不正确发音。

“我也不知道。”她的一个男旅伴说。

在路另一头的棚屋里，老人又睡着了。他还是脸朝下睡着，而那个孩子就坐在他旁边，看着他。老人正梦见狮子。

He was an old man who fished alone in a skiff in the Gulf Stream and he had gone eighty-four days now without taking a fish. In the first forty days a boy had been with him. But after forty days without a fish the boy's parents had told him that the old man was now definitely and finally *salao,* which is the worst form of unlucky, and the boy had gone at their orders in another boat which caught three good fish the first week. It made the boy sad to see the old man come in each day with his skiff empty and he always went down to help him carry either the coiled lines or the gaff and harpoon and the sail that was furled around the mast. The sail was patched with flour sacks and, furled, it looked like the flag of permanent defeat.

The old man was thin and gaunt with deep wrinkles in the back of his neck. The brown blotches of the benevolent skin cancer the sun brings from its reflection on the tropic sea were on his cheeks. The blotches ran well down the sides of his face and his hands had the deep-creased scars from handling heavy fish on the cords. But none of these scars were fresh. They were as old as erosions in a fishless desert.

Everything about him was old except his eyes and they were the same color as the sea and were cheerful and undefeated.

"Santiago," the boy said to him as they climbed the bank from where the skiff was hauled up. "I could go with you again. We've made some money."

The old man had taught the boy to fish and the boy loved him.

"No," the old man said. "You're with a lucky boat. Stay with them."

"But remember how you went eighty-seven days without fish and then we caught big ones every day for three weeks."

"I remember," the old man said. "I know you did not leave me because you doubted."

"It was papa made me leave. I am a boy and I must obey him."

"I know," the old man said. "It is quite normal."

"He hasn't much faith."

"No," the old man said. "But we have. Haven't we?"

"Yes," the boy said. "Can I offer you a beer on the Terrace and then we'll take the stuff home."

"Why not?" the old man said. "Between fishermen."

They sat on the Terrace and many of the fishermen made fun of the old man and he was not angry. Others, of the older fishermen, looked at him and were sad. But they did not show it and they spoke politely about the current and the depths they had drifted their lines at and the steady good weather and of what they had seen. The successful fishermen of that day were already in and had butchered their marlin out and carried them laid full length across two planks, with two men staggering at the end of each plank, to the fish house where they waited for the ice truck to carry them to the market in Havana. Those who had caught sharks had taken them to the shark factory on the other side of the cove where they were hoisted on a block and tackle, their livers removed, their fins cut off and their hides skinned out and their flesh cut into strips for salting.

When the wind was in the east a smell came across the harbour from the shark factory; but today there was only the faint edge of the odour because the wind had backed into the north and then dropped off and it was pleasant and sunny on the Terrace.

"Santiago," the boy said.

"Yes," the old man said. He was holding his glass and thinking of many years ago.

"Can I go out to get sardines for you for tomorrow?"

"No. Go and play baseball. I can still row and Rogelio will throw the net."

"I would like to go. If I cannot fish with you, I would like to serve in some way."

"You bought me a beer," the old man said. "You are already a man."

"How old was I when you first took me in a boat?"

"Five and you nearly were killed when I brought the fish in too green and he nearly tore the boat to pieces. Can you remember?"

"I can remember the tail slapping and banging and the thwart breaking and the noise of the clubbing. I can remember you throwing me into the bow where the wet coiled lines were and feeling the whole boat shiver and the noise of you clubbing him like chopping a tree down and the sweet blood smell all over me."

"Can you really remember that or did I just tell it to you?"

"I remember everything from when we first went together."

The old man looked at him with his sun-burned, confident loving eyes.

"If you were my boy I'd take you out and gamble," he said. "But you are your father's and your mother's and you are in a lucky boat."

"May I get the sardines? I know where I can get four baits too."

"I have mine left from today. I put them in salt in the box."

"Let me get four fresh ones."

"One," the old man said. His hope and his confidence had never gone. But now they were freshening as when the breeze rises.

"Two," the boy said.

"Two," the old man agreed. "You didn't steal them?"

"I would," the boy said. "But I bought these."

"Thank you," the old man said. He was too simple to wonder when he had attained humility. But he knew he had attained it and he knew it was not disgraceful and it carried no loss of true pride.

"Tomorrow is going to be a good day with this current," he said.

"Where are you going?" the boy asked.

"Far out to come in when the wind shifts. I want to be out before it is light."

"I'll try to get him to work far out," the boy said. "Then if you hook something truly big we can come to your aid."

"He does not like to work too far out."

"No," the boy said. "But I will see something that he cannot see such as a bird working and get him to come out after dolphin."

"Are his eyes that bad?"

"He is almost blind."

"It is strange," the old man said. "He never went turtle-ing. That is what kills the eyes."

"But you went turtle-ing for years off the Mosquito Coast and your eyes are good."

"I am a strange old man."

"But are you strong enough now for a truly big fish?"

"I think so. And there are many tricks."

"Let us take the stuff home," the boy said. "So I can get the cast net and go after the sardines."

They picked up the gear from the boat. The old man carried the mast on his shoulder and the boy carried the wooden box with the coiled, hard-braided brown lines, the gaff and the harpoon with its shaft. The box with the baits was under the stern of the skiff along with the club that was used to subdue the big fish when they were brought alongside. No one would steal from the old man but it was better to take the sail and the heavy lines home as the dew was bad for them and, though he was quite sure no local people would steal from him, the old man thought that a gaff and a harpoon were needless temptations to leave in a boat.

They walked up the road together to the old man's shack and went in through its open door. The old man leaned the mast with its wrapped sail against the wall and the boy put the box and the other gear beside it. The mast was nearly as long as the one room of the shack. The shack was made of the tough budshields of the royal palm which are called *guano* and in it there was a bed, a table, one chair, and a place on the dirt floor to cook with charcoal. On the brown walls of the flattened, overlapping leaves of the sturdy fibered *guano* there was a picture in color of the Sacred Heart of Jesus and another of the Virgin of Cobre. These were relics of his wife. Once there had been a tinted photograph of his wife on the wall but he had taken it down because it made him too lonely to see it and it was on the shelf in the corner under his clean shirt.

"What do you have to eat?" the boy asked.

"A pot of yellow rice with fish. Do you want some?"

"No. I will eat at home. Do you want me to make the fire?"

"No. I will make it later on. Or I may eat the rice cold."

"May I take the cast net?"

"Of course."

There was no cast net and the boy remembered when they had sold it. But they went through this fiction every day. There was no pot of yellow rice and fish and the boy knew this too.

"Eighty-five is a lucky number," the old man said. "How would you like to see me bring one in that dressed out over a thousand pounds?"

"I'll get the cast net and go for sardines. Will you sit in the sun in the doorway?"

"Yes. I have yesterday's paper and I will read the baseball."

The boy did not know whether yesterday's paper was a fiction too. But the old man brought it out from under the bed.

"Perico gave it to me at the *bodega*," he explained.

"I'll be back when I have the sardines. I'll keep yours and mine together on ice and we can share them in the morning. When I come back you can tell me about the baseball."

"The Yankees cannot lose."

"But I fear the Indians of Cleveland."

"Have faith in the Yankees my son. Think of the great DiMaggio."

"I fear both the Tigers of Detroit and the Indians of Cleveland."

"Be careful or you will fear even the Reds of Cincinnati and the White Sox of Chicago."

"You study it and tell me when I come back."

"Do you think we should buy a terminal of the lottery with an eighty-five? Tomorrow is the eight-fifth day."

"We can do that," the boy said. "But what about the eighty-seven of your great record?"

"It could not happen twice. Do you think you can find an eighty-five?"

"I can order one."

"One sheet. That's two dollars and a half. Who can we borrow that from?"

"That's easy. I can always borrow two dollars and a half."

"I think perhaps I can too. But I try not to borrow. First you borrow. Then you beg."

"Keep warm old man," the boy said. "Remember we are in September."

"The month when the great fish come," the old man said. "Anyone can be a fisherman in May."

"I go now for the sardines," the boy said.

When the boy came back the old man was asleep in the chair and the sun was down. The boy took the old army blanket off the bed and spread it over the back of the chair and over the old man's shoulders. They were strange shoulders, still powerful although very old, and the neck was still strong too and the creases did not show so much when the old man was asleep and his head fallen forward. His shirt had been patched so many times that it was like the sail and the patches were faded to many different shades by the sun. The old man's head was very old though and with his eyes closed there was no life in his face. The newspaper lay across his knees and the weight of his arm held it there in the evening breeze. He was barefooted.

The boy left him there and when he came back the old man was still asleep.

"Wake up old man," the boy said and put his hand on one of the old man's knees.

The old man opened his eyes and for a moment he was coming back from a long way away. Then he smiled.

"What have you got?" he asked.

"Supper," said the boy. "We're going to have supper."

"I'm not very hungry."

"Come on and eat. You can't fish and not eat."

"I have," the old man said getting up and taking the newspaper and folding it. Then he started to fold the blanket.

"Keep the blanket around you," the boy said. "You'll not fish without eating while I'm alive."

"Then live a long time and take care of yourself," the old man said. "What are we eating?"

"Black beans and rice, fried bananas, and some stew."

The boy had brought them in a two-decker metal container from the Terrace. The two sets of knives and forks and spoons were in his pocket with a paper napkin wrapped around each set.

"Who gave this to you?"

"Martin. The owner."

"I must thank him."

"I thanked him already," the boy said. "You don't need to thank him."

"I'll give him the belly meat of a big fish," the old man said. "Has he done this for us more than once?"

"I think so."

"I must give him something more than the belly meat then. He is very thoughtful for us."

"He sent two beers."

"I like the beer in cans best."

"I know. But this is in bottles, Hatuey beer, and I take back the bottles."

"That's very kind of you," the old man said. "Should we eat?"

"I've been asking you to," the boy told him gently. "I have not wished to open the container until you were ready."

"I'm ready now," the old man said. "I only needed time to wash."

Where did you wash? the boy thought. The village water supply was two streets down the road. I must have water here for him, the boy thought, and soap and a good towel. Why am I so thoughtless? I must get him another shirt and a jacket for the winter and some sort of shoes and another blanket.

"Your stew is excellent," the old man said.

"Tell me about the baseball," the boy asked him.

"In the American League it is the Yankees as I said," the old man said happily.

"They lost today," the boy told him.

"That means nothing. The great DiMaggio is himself again."

"They have other men on the team."

"Naturally. But he makes the difference. In the other league, between Brooklyn and Philadelphia I must take Brooklyn. But then I think of Dick Sisler and those great drives in the old park."

"There was nothing ever like them. He hits the longest ball I have ever seen."

"Do you remember when he used to come to the Terrace? I wanted to take him fishing but I was too timid to ask him. Then I asked you to ask him and you were too timid."

"I know. It was a great mistake. He might have gone with us. Then we would have that for all of our lives."

"I would like to take the great DiMaggio fishing," the old man said. "They say his father was a fisherman. Maybe he was as poor as we are and would understand."

"The great Sisler's father was never poor and he, the father, was playing in the Big Leagues when he was my age."

"When I was your age I was before the mast on a square rigged ship that ran to Africa and I have seen lions on the beaches in the evening."

"I know. You told me."

"Should we talk about Africa or about baseball?"

"Baseball I think," the boy said. "Tell me about the great John J. McGraw." He said *Jota* for J.

"He used to come to the Terrace sometimes too in the older days. But he was rough and harsh-spoken and difficult when he was drinking. His mind was on horses as well as baseball. At least he carried lists of horses at all times in his pocket and frequently spoke the names of horses on the telephone."

"He was a great manager," the boy said. "My father thinks he was the greatest."

"Because he came here the most times," the old man said. "If Durocher had continued to come here each year your father would think him the greatest manager."

"Who is the greatest manager, really, Luque or Mike Gonzalez?"

"I think they are equal."

"And the best fisherman is you."

"No. I know others better."

"*Qué va*," the boy said. "There are many good fishermen and some great ones. But there is only you."

"Thank you. You make me happy. I hope no fish will come along so great that he will prove us wrong."

"There is no such fish if you are still strong as you say."

"I may not be as strong as I think," the old man said. "But I know many tricks and I have resolution."

"You ought to go to bed now so that you will be fresh in the morning. I will take the things back to the Terrace."

"Good night then. I will wake you in the morning."

"You're my alarm clock," the boy said.

"Age is my alarm clock," the old man said. "Why do old men wake so early? Is it to have one longer day?"

"I don't know," the boy said. "All I know is that young boys sleep late and hard."

"I can remember it," the old man said. "I'll waken you in time."

"I do not like for him to waken me. It is as though I were inferior."

"I know."

"Sleep well old man."

The boy went out. They had eaten with no light on the table and the old man took off his trousers and went to bed in the dark. He rolled his trousers up to make a pillow, putting the newspaper inside them. He rolled himself in the blanket and slept on the other old newspapers that covered the springs of the bed.

He was asleep in a short time and he dreamed of Africa when he was a boy and the long golden beaches and the white beaches, so white they hurt your eyes, and the high capes and the great brown mountains. He lived along that coast now every night and in his dreams he heard the surf roar and saw the native boats come riding through it. He smelled the tar and oakum of the deck as he slept and he smelled the smell of Africa that the land breeze brought at morning.

Usually when he smelled the land breeze he woke up and dressed to go and wake the boy. But tonight the smell of the land breeze came very early and he knew it was too early in his dream and went on dreaming to see the white peaks of the Islands rising from the sea and then he dreamed of the different harbours and roadsteads of the Canary Islands.

He no longer dreamed of storms, nor of women, nor of great occurrences, nor of great fish, nor fights, nor contests of strength, nor of his wife. He only dreamed of places now and of the lions on the beach. They played like young cats in the dusk and he loved them as he loved the boy. He never dreamed about the boy. He simply woke, looked out the open door at the moon and unrolled his trousers and put them on. He urinated outside the shack and then went up the road to wake the boy. He was shivering with the morning cold. But he knew he would shiver himself warm and that soon he would be rowing.

The door of the house where the boy lived was unlocked and he opened it and walked in quietly with his bare feet. The boy was asleep on a cot in the first room and the old man could see him clearly with the light that came in from the dying moon. He took hold of one foot gently and held it until the boy woke and turned and looked at him. The old man nodded and the boy took his trousers from the chair by the bed and, sitting on the bed, pulled them on.

The old man went out the door and the boy came after him. He was sleepy and the old man put his arm across his shoulders and said,"I am sorry."

"*Qué va,*" the boy said. "It is what a man must do."

They walked down the road to the old man's shack and all along the road, in the dark, barefoot men were moving, carrying the masts of their boats.

When they reached the old man's shack the boy took the rolls of line in the basket and the harpoon and gaff and the old man carried the mast with the furled sail on his shoulder.

"Do you want coffee?" the boy asked.

"We'll put the gear in the boat and then get some."

They had coffee from condensed milk cans at an early morning place that served fishermen.

"How did you sleep old man?" the boy asked. He was waking up now although it was still hard for him to leave his sleep.

"Very well, Manolin," the old man said. "I feel confident today."

"So do I," the boy said. "Now I must get your sardines and mine and your fresh baits. He brings our gear himself. He never wants anyone to carry anything."

"We're different," the old man said. "I let you carry things when you were five years old."

"I know it," the boy said. "I'll be right back. Have another coffee. We have credit here."

He walked off, bare-footed on the coral rocks, to the ice house where the baits were stored.

The old man drank his coffee slowly. It was all he would have all day and he knew that he should take it. For a long time now eating had bored him and he never carried a lunch. He had a bottle of water in the bow of the skiff and that was all he needed for the day.

The boy was back now with the sardines and the two baits wrapped in a newspaper and they went down the trail to the skiff, feeling the pebbled sand under their feet, and lifted the skiff and slid her into the water.

"Good luck old man."

"Good luck," the old man said. He fitted the rope lashings of the oars onto the thole pins and, leaning forward against the thrust of the blades in the water, he began to row out of the harbour in the dark. There were other boats from the other beaches going out to sea and the old man heard the dip and push of their oars even though he could not see them now the moon was below the hills.

Sometimes someone would speak in a boat. But most of the boats were silent except for the dip of the oars. They spread apart after they were out of the mouth of the harbour and each one headed for the part of the ocean where he hoped to find fish. The old man knew he was going far out and he left the smell of the land behind and rowed out into the clean early morning smell of the ocean. He saw the phosphorescence of the Gulf weed in the water as he rowed over the part of the ocean that the fishermen called the great well because there was a sudden deep of seven hundred fathoms where all sorts of fish congregated because of the swirl the current made against the steep walls of the floor of the ocean. Here there were concentrations of shrimp and bait fish and sometimes schools of squid in the deepest holes and these rose close to the surface at night where all the wandering fish fed on them.

In the dark the old man could feel the morning coming and as he rowed he heard the trembling sound as flying fish left the water and the hissing that their stiff set wings made as they soared away in the darkness. He was very fond of flying fish as they were his principal friends on the ocean. He was sorry for the birds, especially the small delicate dark terns that were always flying and looking and almost never finding, and he thought, "The birds have a harder life than we do except for the robber birds and the heavy strong ones. Why did they make birds so delicate and fine as those sea swallows when the ocean can be so cruel? She is kind and very beautiful. But she can be so cruel and it comes so suddenly and such birds that fly, dipping and hunting, with their small sad voices are made too delicately for the sea."

He always thought of the sea as *la mar* which is what people call her in Spanish when they love her. Sometimes those who love her say bad things of her but they are always said as though she were a woman. Some of the younger fishermen, those who used buoys as floats for their lines and had motorboats, bought when the shark livers had brought much money, spoke of her as *el mar* which is masculine. They spoke of her as a contestant or a place or even an enemy. But the old man always thought of her as feminine and as something that gave or withheld great favours, and if she did wild or wicked things it was because she could not help them. The moon affects her as it does a woman, he thought.

He was rowing steadily and it was no effort for him since he kept well within his speed and the surface of the ocean was flat except for the occasional swirls of the current. He was letting the current do a third of the work and as it started to be light he saw he was already further out than he had hoped to be at this hour.

I worked the deep wells for a week and did nothing, he thought. Today I'll work out where the schools of bonito and albacore are and maybe there will be a big one with them.

Before it was really light he had his baits out and was drifting with the current. One bait was down forty fathoms. The second was at seventy-five and the third and fourth were down in the blue water at one hundred and one hundred and twenty-five fathoms. Each bait hung head down with the shank of the hook inside the bait fish, tied and sewed solid and all the projecting part of the hook, the curve and the point, was covered with fresh sardines. Each sardine was hooked through both eyes so that they made a half garland on the projecting steel. There was no part of the hook that a great fish could feel which was not sweet smelling and good tasting.

The boy had given him two fresh small tunas, or albacores, which hung on the two deepest lines like plummets and, on the others, he had a big blue runner and a yellow jack that had been used before; but they were in good condition still and had the excellent sardines to give them scent and attractiveness. Each line, as thick around as a big pencil, was looped onto a green-sapped stick so that any pull or touch on the bait would make the stick dip and each line had two forty-fathom coils which could be made fast to the other spare coils so that, if it were necessary, a fish could take out over three hundred fathoms of line.

Now the man watched the dip of the three sticks over the side of the skiff and rowed gently to keep the lines straight up and down and at their proper depths. It was quite light and any moment now the sun would rise.

The sun rose thinly from the sea and the old man could see the other boats, low on the water and well in toward the shore, spread out across the current. Then the sun was brighter and the glare came on the water and then, as it rose clear, the flat sea sent it back at his eyes so that it hurt sharply and he rowed without looking into it. He looked down into the water and watched the lines that went straight down into the dark of the water. He kept them straighter than anyone did, so that at each level in the darkness of the stream there would be a bait waiting exactly where he wished it to be for any fish that swam there. Others let them drift with the current and sometimes they were at sixty fathoms when the fishermen thought they were at a hundred.

But, he thought, I keep them with precision. Only I have no luck any more. But who knows? Maybe today. Every day is a new day. It is better to be lucky. But I would rather be exact. Then when luck comes you are ready.

The sun was two hours higher now and it did not hurt his eyes so much to look into the east. There were only three boats in sight now and they showed very low and far inshore.

All my life the early sun has hurt my eyes, he thought. Yet they are still good. In the evening I can look straight into it without getting the blackness. It has more force in the evening too. But in the morning it is painful.

Just then he saw a man-of-war bird with his long black wings circling in the sky ahead of him. He made a quick drop, slanting down on his back-swept wings, and then circled again.

"He's got something,"the old man said aloud."He's not just looking."

He rowed slowly and steadily toward where the bird was circling. He did not hurry and he kept his lines straight up and down. But he crowded the current a little so that he was still fishing correctly though faster than he would have fished if he was not trying to use the bird.

The bird went higher in the air and circled again, his wings motionless. Then he dove suddenly and the old man saw flying fish spurt out of the water and sail desperately over the surface.

"Dolphin,"the old man said aloud."Big dolphin."

He shipped his oars and brought a small line from under the bow. It had a wire leader and a medium-sized hook and he baited it with one of the sardines. He let it go over the side and then made it fast to a ring bolt in the stern. Then he baited another line and left it coiled in the shade of the bow. He went back to rowing and to watching the long-winged black bird who was working, now, low over the water.

As he watched the bird dipped again slanting his wings for the dive and then swinging them wildly and ineffectually as he followed the flying fish. The old man could see the slight bulge in the water that the big dolphin raised as they followed the escaping fish. The dolphin were cutting through the water below the flight of the fish and would be in the water, driving at speed, when the fish dropped. It is a big school of dolphin, he thought. They are wide spread and the flying fish have little chance. The bird has no chance. The flying fish are too big for him and they go too fast.

He watched the flying fish burst out again and again and the ineffectual movements of the bird. That school has gotten away from me, he thought. They are moving out too fast and too far. But perhaps I will pick up a stray and perhaps my big fish is around them. My big fish must be somewhere.

The clouds over the land now rose like mountains and the coast was only a long green line with the gray blue hills behind it. The water was a dark blue now, so dark that it was almost purple. As he looked down into it he saw the red sifting of the plankton in the dark water and the strange light the sun made now. He watched his lines to see them go straight down out of sight into the water and he was happy to see so much plankton because it meant fish. The strange light the sun made in the water, now that the sun was higher, meant good weather and so did the shape of the clouds over the land. But the bird was almost out of sight now and nothing showed on the surface of the water but some patches of yellow, sun-bleached Sargasso weed and the purple, formalized, iridescent, gelatinous bladder of a Portuguese man-of-war floating close beside the boat. It turned on its side and then righted itself. It floated cheerfully as a bubble with its long deadly purple filaments trailing a yard behind it in the water.

"*Agua mala,*" the man said."You whore."

From where he swung lightly against his oars he looked down into the water and saw the tiny fish that were coloured like the trailing filaments and swam between them and under the small shade the bubble made as it drifted. They were immune to its poison.But men were not and when some of the filaments would catch on a line and rest there slimy and purple while the old man was working a fish, he would have welts and sores on his arms and hands of the sort that poison ivy or poison oak can give. But these poisonings from the *agua mala* came quickly and struck like a whiplash.

The iridescent bubbles were beautiful. But they were the falsest thing in the sea and the old man loved to see the big sea turtles eating them. The turtles saw them, approached them from the front, then shut their eyes so they were completely carapaced and ate them filaments and all. The old man loved to see the turtles eat them and he loved to walk on them on the beach after a storm and hear them pop when he stepped on them with the horny soles of his feet.

He loved green turtles and hawks-bills with their elegance and speed and their great value and he had a friendly contempt for the huge, stupid loggerheads, yellow in their armour-plating, strange in their love-making, and happily eating the Portuguese men-of-war with their eyes shut.

He had no mysticism about turtles although he had gone in turtle boats for many years. He was sorry for them all, even the great trunk backs that were as long as the skiff and weighed a ton. Most people are heartless about turtles because a turtle's heart will beat for hours after he has been cut up and butchered. But the old man thought, I have such a heart too and my feet and hands are like theirs. He ate the white eggs to give himself strength. He ate them all through May to be strong in September and October for the truly big fish.

He also drank a cup of shark liver oil each day from the big drum in the shack where many of the fishermen kept their gear. It was there for all fishermen who wanted it. Most fishermen hated the taste. But it was no worse than getting up at the hours that they rose and it was very good against all colds and grippes and it was good for the eyes.

Now the old man looked up and saw that the bird was circling again.

"He's found fish,"he said aloud. No flying fish broke the surface and there was no scattering of bait fish. But as the old man watched, a small tuna rose in the air, turned and dropped head first into the water. The tuna shone silver in the sun and after he had dropped back into the water another and another rose and they were jumping in all directions, churning the water and leaping in long jumps after the bait. They were circling it and driving it.

If they don't travel too fast I will get into them, the old man thought, and he watched the school working the water white and the bird now dropping and dipping into the bait fish that were forced to the surface in their panic.

"The bird is a great help,"the old man said. Just then the stern line came taut under his foot, where he had kept a loop of the line, and he dropped his oars and felt the weight of the small tuna's shivering pull as he held the line firm and commenced to haul it in. The shivering increased as he pulled in and he could see the blue back of the fish in the water and the gold of his sides before he swung him over the side and into the boat. He lay in the stern in the sun, compact and bullet shaped, his big, unintelligent eyes staring as he thumped his life out against the planking of the boat with the quick shivering strokes of his neat, fast-moving tail. The old man hit him on the head for kindness and kicked him, his body still shuddering, under the shade of the stern.

"Albacore," he said aloud. "He'll make a beautiful bait. He'll weigh ten pounds."

He did not remember when he had first started to talk aloud when he was by himself. He had sung when he was by himself in the old days and he had sung at night sometimes when he was alone steering on his watch in the smacks or in the turtle boats. He had probably started to talk aloud, when alone, when the boy had left. But he did not remember. When he and the boy fished together they usually spoke only when it was necessary. They talked at night or when they were storm-bound by bad weather. It was considered a virtue not to talk unnecessarily at sea and the old man had always considered it so and respected it. But now he said his thoughts aloud many times since there was no one that they could annoy.

"If the others heard me talking out loud they would think that I am crazy,"he said aloud."But since I am not crazy, I do not care. And the rich have radios to talk to them in their boats and to bring them the baseball."

Now is no time to think of baseball, he thought. Now is the time to think of only one thing. That which I was born for. There might be a big one around that school, he thought. I picked up only a straggler from the albacore that were feeding. But they are working far out and fast. Everything that shows on the surface today travels very fast and to the north-east. Can that be the time of day? Or is it some sign of weather that I do not know?

He could not see the green of the shore now but only the tops of the blue hills that showed white as though they were snow-capped and the clouds that looked like high snow mountains above them. The sea was very dark and the light made prisms in the water. The myriad flecks of the plankton were annulled now by the high sun and it was only the great deep prisms in the blue water that the old man saw now with his lines going straight down into the water that was a mile deep.

The tuna, the fishermen called all the fish of that species tuna and only distinguished among them by their proper names when they came to sell them or to trade them for baits, were down again. The sun was hot now and the old man felt it on the back of his neck and felt the sweat trickle down his back as he rowed.

I could just drift, he thought, and sleep and put a bight of line around my toe to wake me. But today is eighty-five days and I should fish the day well.

Just then, watching his lines, he saw one of the projecting green sticks dip sharply.

"Yes," he said."Yes,"and shipped his oars without bumping the boat. He reached out for the line and held it softly between the thumb and forefinger of his right hand. He felt no strain nor weight and he held the line lightly. Then it came again. This time it was a tentative pull, not soild nor heavy, and he knew exactly what it was. One hundred fathoms down a marlin was eating the sardines that covered the point and the shank of the hook where the hand-forged hook projected from the head of the small tuna.

The old man held the line delicately, and softly, with his left hand, unleashed it from the stick. Now he could let it run through his fingers without the fish feeling any tension.

This far out, he must be huge in this month, he thought. Eat them, fish. Eat them. Please eat them. How fresh they are and you down there six hundred feet in that cold water in the dark. Make another turn in the dark and come back and eat them.

He felt the light delicate pulling and then a harder pull when a sardine's head must have been more difficult to break from the hook. Then there was nothing.

"Come on,"the old man said aloud."Make another turn. Just smell them. Aren't they lovely? Eat them good now and then there is the tuna. Hard and cold and lovely. Don't be shy, fish. Eat them."

He waited with the line between his thumb and his finger, watching it and the other lines at the same time for the fish might have swum up or down. Then came the same delicate pulling touch again.

"He'll take it,"the old man said aloud."God help him to take it."

He did not take it though. He was gone and the old man felt nothing.

"He can't have gone,"he said."Christ knows he can't have gone. He's making a turn. Maybe he has been hooked before and he remembers something of it."

Then he felt the gentle touch on the line and he was happy.

"It was only his turn," he said."He'll take it."

He was happy feeling the gentle pulling and then he felt something hard and unbelievably heavy. It was the weight of the fish and he let the line slip down, down, down, unrolling off the first of the two reserve coils. As it went down, slipping lightly through the old man's fingers, he still could feel the great weight, though the pressure of his thumb and finger were almost imperceptible.

"What a fish,"he said."He has it sideways in his mouth now and he is moving off with it."

Then he will turn and swallow it, he thought. He did not say that because he knew that if you said a good thing it might not happen. He knew what a huge fish this was and he thought of him moving away in the darkness with the tuna held crosswise in his mouth. At that moment he felt him stop moving but the weight was still there. Then the weight increased and he gave more line. He tightened the pressure of his thumb and finger for a moment and the weight increased and was going straight down.

"He's taken it,"he said."Now I'll let him eat it well."

He let the line slip through his fingers while he reached down with his left hand and made fast the free end of the two reserve coils to the loop of the two reserve coils of the next line. Now he was ready. He had three forty-fathom coils of line in reserve now, as well as the coil he was using.

"Eat it a little more,"he said."Eat it well."

Eat it so that the point of the hook goes into your heart and kills you, he thought. Come up easy and let me put the harpoon into you. All right. Are you ready? Have you been long enough at table?

"Now!"he said aloud and struck hard with both hands, gained a yard of line and then struck again and again, swinging with each arm alternately on the cord with all the strength of his arms and the pivoted weight of his body.

Nothing happened. The fish just moved away slowly and the old man could not raise him an inch. His line was strong and made for heavy fish and he held it against his back until it was so taut that beads of water were jumping from it. Then it began to make a slow hissing sound in the water and he still held it, bracing himself against the thwart and leaning back against the pull. The boat began to move slowly off toward the North-West.

The fish moved steadily and they travelled slowly on the calm water. The other baits were still in the water but there was nothing to be done.

"I wish I had the boy,"the old man said aloud."I'm being towed by a fish and I'm the towing bitt. I could make the line fast. But then he could break it. I must hold him all I can and give him line when he must have it. Thank God he is travelling and not going down."

What I will do if he decides to go down, I don't know. What I'll do if he sounds and dies I don't know. But I'll do something. There are plenty of things I can do.

He held the line against his back and watched its slant in the water and the skiff moving steadily to the North-West.

This will kill him, the old man thought. He can't do this forever. But four hours later the fish was still swimming steadily out to sea, towing the skiff, and the old man was still braced solidly with the line across his back.

"It was noon when I hooked him,"he said."And I have never seen him."

He had pushed his straw hat hard down on his head before he hooked the fish and it was cutting his forehead. He was thirsty too and he got down on his knees and, being careful not to jerk on the line, moved as far into the bow as he could get and reached the water bottle with one hand. He opened it and drank a little. Then he rested against the bow. He rested sitting on the unstepped mast and sail and tried not to think but only to endure.

Then he looked behind him and saw that no land was visible. That makes no difference, he thought. I can always come in on the glow from Havana. There are two more hours before the sun sets and maybe he will come up before that. If he doesn't maybe he will come up with the moon. If he does not do that maybe he will come up with the sunrise. I have no cramps and I feel strong. It is he that has the hook in his mouth. But what a fish to pull like that. He must have his mouth shut tight on the wire. I wish I could see him. I wish

I could see him only once to know what I have against me.

The fish never changed his course nor his direction all that night as far as the man could tell from watching the stars. It was cold after the sun went down and the old man's sweat dried cold on his back and his arms and his old legs. During the day he had taken the sack that covered the bait box and spread it in the sun to dry. After the sun went down he tied it around his neck so that it hung down over his back and he cautiously worked it down under the line that was across his shoulders now. The sack cushioned the line and he had found a way of leaning forward against the bow so that he was almost comfortable. The position actually was only somewhat less intolerable; but he thought of it as almost comfortable.

I can do nothing with him and he can do nothing with me, he thought. Not as long as he keeps this up.

Once he stood up and urinated over the side of the skiff and looked at the stars and checked his course. The line showed like a phosphorescent streak in the water straight out from his shoulders. They were moving more slowly now and the glow of Havana was not so strong, so that he knew the current must be carrying them to the eastward. If I lose the glare of Havana we must be going more to the eastward, he thought. For if the fish's course held true I must see it for many more hours. I wonder how the baseball came out in the grand leagues today, he thought. It would be wonderful to do this with a radio. Then he thought, think of it always. Think of what you are doing. You must do nothing stupid.

Then he said aloud,"I wish I had the boy. To help me and to see this."

No one should be alone in their old age, he thought. But it is unavoidable. I must remember to eat the tuna before he spoils in order to keep strong. Remember, no matter how little you want to, that you must eat him in the morning. Remember, he said to himself.

During the night two porpoises came around the boat and he could hear them rolling and blowing. He could tell the difference between the blowing noise the male made and the sighing blow of the female.

"They are good,"he said."They play and make jokes and love one another. They are our brothers like the flying fish."

Then he began to pity the great fish that he had hooked. He is wonderful and strange and who knows how old he is, he thought. Never have I had such a strong fish nor one who acted so strangely. Perhaps he is too wise to jump. He could ruin me by jumping or by a wild rush. But perhaps he has been hooked many times before and he knows that this is how he should make his fight. He cannot know that it is only one man against him, nor that it is an old man. But what a great fish he is and what will he bring in the market if the flesh is good. He took the bait like a male and he pulls like a male and his fight has no panic in it. I wonder if he has any plans or if he is just as desperate as I am?

He remembered the time he had hooked one of a pair of marlin. The male fish always let the female fish feed first and the hooked fish, the female, made a wild, panic-stricken, despairing fight that soon exhausted her, and all the time the male had stayed with her, crossing the line and circling with her on the surface. He had stayed so close that the old man was afraid he would cut the line with his tail which was sharp as a scythe and almost of that size and shape. When the old man had gaffed her and clubbed her, holding the rapier bill with its sandpaper edge and clubbing her across the top of her head until her colour turned to a colour almost like the backing of mirrors, and then, with the boy's aid, hoisted her aboard, the male fish had stayed by the side of the boat. Then, while the old man was clearing the lines and preparing the harpoon, the male fish jumped high into the air beside the boat to see where the female was and then went down deep, his lavender wings, that were his pectoral fins, spread wide and all his wide lavender stripes showing. He was beautiful, the old man remembered, and he had stayed.

That was the saddest thing I ever saw with them, the old man thought. The boy was sad too and we begged her pardon and butchered her promptly.

"I wish the boy was here,"he said aloud and settled himself against the rounded planks of the bow and felt the strength of the great fish through the line he held across his shoulders moving steadily toward whatever he had chosen.

When once, through my treachery, it had been necessary to him to make a choice, the old man thought.

His choice had been to stay in the deep dark water far out beyond all snares and traps and treacheries. My choice was to go there to find him beyond all people. Beyond all people in the world. Now we are joined together and have been since noon. And no one to help either one of us.

Perhaps I should not have been a fisherman, he thought. But that was the thing that I was born for. I must surely remember to eat the tuna after it gets light.

Some time before daylight something took one of the baits that were behind him. He heard the stick break and the line begin to rush out over the gunwale of the skiff. In the darkness he loosened his sheath knife and taking all the strain of the fish on his left shoulder he leaned back and cut the line against the wood of the gunwale. Then he cut the other line closest to him and in the dark made the loose ends of the reserve coils fast. He worked skillfully with the one hand and put his foot on the coils to hold them as he drew his knots tight. Now he had six reserve coils of line. There were two from each bait he had severed and the two from the bait the fish had taken and they were all connected.

After it is light, he thought, I will work back to the forty-fathom bait and cut it away too and link up the reserve coils. I will have lost two hundred fathoms of good Catalan *cordel* and the hooks and leaders. That can be replaced. But who replaces this fish if I hook some fish and it cuts him off? I don't know what that fish was that took the bait just now. It could have been a marlin or a broadbill or a shark. I never felt him. I had to get rid of him too fast.

Aloud he said,"I wish I had the boy."

But you haven't got the boy, he thought. You have only yourself and you had better work back to the last line now, in the dark or not in the dark, and cut it away and hook up the two reserve coils.

So he did it. It was difficult in the dark and once the fish made a surge that pulled him down on his face and made a cut below his eye. The blood ran down his cheek a little way. But it coagulated and dried before it reached his chin and he worked his way back to the bow and rested against the wood. He adjusted the sack and carefully worked the line so that it came across a new part of his shoulders and, holding it anchored with his shoulders, he carefully felt the pull of the fish and then felt with his hand the progress of the skiff through the water.

I wonder what he made that lurch for, he thought. The wire must have slipped on the great hill of his back. Certainly his back cannot feel as badly as mine does. But he cannot pull this skiff forever, no matter how great he is. Now everything is cleared away that might make trouble and I have a big reserve of line; all that a man can ask.

"Fish," he said softly, aloud,"I'll stay with you until I am dead."

He'll stay with me too, I suppose, the old man thought and he waited for it to be light. It was cold now in the time before daylight and he pushed against the wood to be warm. I can do it as long as he can, he thought. And in the first light the line extended out and down into the water. The boat moved steadily and when the first edge of the sun rose it was on the old man's right shoulder.

"He's headed north," the old man said. The current will have set us far to the eastward, he thought. I wish he would turn with the current. That would show that he was tiring.

When the sun had risen further the old man realized that the fish was not tiring. There was only one favorable sign. The slant of the line showed he was swimming at a lesser depth. That did not necessarily mean that he would jump. But he might.

"God let him jump," the old man said."I have enough line to handle him."

Maybe if I can increase the tension just a little it will hurt him and he will jump, he thought. Now that it is daylight let him jump so that he'll fill the sacks along his backbone with air and then he cannot go deep to die.

He tried to increase the tension, but the line had been taut up to the very edge of the breaking point since he had hooked the fish and he felt the harshness as he leaned back to pull and knew he could put no more strain on it. I must not jerk it ever, he thought. Each jerk widens the cut the hook makes and then when he does jump he might throw it. Anyway I feel better with the sun and for once I do not have to look into it.

There was yellow weed on the line but the old man knew that only made an added drag and he was pleased. It was the yellow Gulf weed that had made so much phosphorescence in the night.

"Fish," he said,"I love you and respect you very much. But I will kill you dead before this day ends."

Let us hope so, he thought.

A small bird came toward the skiff from the north. He was a warbler and flying very low over the water. The old man could see that he was very tired.

The bird made the stern of the boat and rested there. Then he flew around the old man's head and rested on the line where he was more comfortable.

"How old are you?"the old man asked the bird."Is this your first trip?"

The bird looked at him when he spoke. He was too tired even to examine the line and he teetered on it as his delicate feet gripped it fast.

"It's steady,"the old man told him."It's too steady. You shouldn't be that tired after a windless night. What are birds coming to?"

The hawks, he thought, that come out to sea to meet them. But he said nothing of this to the bird who could not understand him anyway and who would learn about the hawks soon enough.

"Take a good rest, small bird,"he said."Then go in and take your chance like any man or bird or fish."

It encouraged him to talk because his back had stiffened in the night and it hurt truly now.

"Stay at my house if you like, bird," he said."I am sorry I cannot hoist the sail and take you in with the small breeze that is rising. But I am with a friend."

Just then the fish gave a sudden lurch that pulled the old man down onto the bow and would have pulled him overboard if he had not braced himself and given some line.

The bird had flown up when the line jerked and the old man had not even seen him go. He felt the line carefully with his right hand and noticed his hand was bleeding.

"Something hurt him then,"he said aloud and pulled back on the line to see if he could turn the fish. But when he was touching the breaking point he held steady and settled back against the strain of the line.

"You're feeling it now, fish,"he said."And so, God knows, am I."

He looked around for the bird now because he would have liked him for company. The bird was gone.

You did not stay long, the man thought. But it is rougher where you are going until you make the shore. How did I let the fish cut me with that one quick pull he made? I must be getting very stupid. Or perhaps I was looking at the small bird and thinking of him. Now I will pay attention to my work and then I must eat the tuna so that I will not have a failure of strength.

"I wish the boy were here and that I had some salt," he said aloud.

Shifting the weight of the line to his left shoulder and kneeling carefully he washed his hand in the ocean and held it there, submerged, for more than a minute watching the blood trail away and the steady movement of the water against his hand as the boat moved.

"He has slowed much," he said.

The old man would have liked to keep his hand in the salt water longer but he was afraid of another sudden lurch by the fish and he stood up and braced himself and held his hand up against the sun. It was only a line burn that had cut his flesh. But it was in the working part of his hand. He knew he would need his hands before this was over and he did not like to be cut before it started.

"Now,"he said, when his hand had dried,"I must eat the small tuna. I can reach him with the gaff and eat him here in comfort."

He knelt down and found the tuna under the stern with the gaff and drew it toward him keeping it clear of the coiled lines. Holding the line with his left shoulder again, and bracing on his left hand and arm, he took the tuna off the gaff hook and put the gaff back in place. He put one knee on the fish and cut strips of dark red meat longitudinally from the back of the head to the tail. They were wedge-shaped strips and he cut them from next to the back bone down to the edge of the belly. When he had cut six strips he spread them out on the wood of the bow, wiped his knife on his trousers, and lifted the carcass of the bonito by the tail and dropped it overboard.

"I don't think I can eat an entire one,"he said and drew his knife across one of the strips. He could feel the steady hard pull of the line and his left hand was cramped. It drew up tight on the heavy cord and he looked at it in disgust.

"What kind of a hand is that,"he said."Cramp then if you want. Make yourself into a claw. It will do you no good."

Come on, he thought and looked down into the dark water at the slant of the line. Eat it now and it will strengthen the hand. It is not the hand's fault and you have been many hours with the fish. But you can stay with him forever. Eat the bonito now.

He picked up a piece and put it in his mouth and chewed it slowly. It was not unpleasant.

Chew it well, he thought, and get all the juices. It would not be bad to eat with a little lime or with lemon or with salt.

"How do you feel, hand?" he asked the cramped hand that was almost as stiff as rigor mortis. "I'll eat some more for you."

He ate the other part of the piece that he had cut in two. He chewed it carefully and then spat out the skin.

"How does it go, hand? Or is it too early to know?"

He took another full piece and chewed it.

"It is a strong full-blooded fish,"he thought."I was lucky to get him instead of dolphin. Dolphin is too sweet. This is hardly sweet at all and all the strength is still in it."

There is no sense in being anything but practical though, he thought. I wish I had some salt. And I do not know whether the sun will rot or dry what is left, so I had better eat it all although I am not hungry. The fish is calm and steady. I will eat it all and then I will be ready.

"Be patient, hand," he said."I do this for you."

I wish I could feed the fish, he thought. He is my brother. But I must kill him and keep strong to do it. Slowly and conscientiously he ate all of the wedge-shaped strips of fish.

He straightened up, wiping his hand on his trousers.

"Now,"he said."You can let the cord go, hand, and I will handle him with the right arm alone until you stop that nonsense."He put his left foot on the heavy line that the left hand had held and lay back against the pull against his back.

"God help me to have the cramp go,"he said."Because I do not know what the fish is going to do."

But he seems calm, he thought, and following his plan. But what is his plan, he thought. And what is mine? Mine I must improvise to his because of his great size. If he will jump I can kill him. But he stays down forever. Then I will stay down with him forever.

He rubbed the cramped hand against his trousers and tried to gentle the fingers. But it would not open. Maybe it will open with the sun, he thought. Maybe it will open when the strong raw tuna is digested. If I have to have it, I will open it, cost whatever it costs. But I do not want to open it now by force. Let it open by itself and come back of its own accord. After all I abused it much in the night when it was necessary to free and untie the various lines.

He looked across the sea and knew how alone he was now. But he could see the prisms in the deep dark water and the line stretching ahead and the strange undulation of the calm. The clouds were building up now for the trade wind and he looked ahead and saw a flight of wild ducks etching themselves against the sky over the water, then blurring, then etching again and he knew no man was ever alone on the sea.

He thought of how some men feared being out of sight of land in a small boat and knew they were right in the months of sudden bad weather. But now they were in hurricane months and, when there are no hurricanes, the weather of hurricane months is the best of all the year.

If there is a hurricane you always see the signs of it in the sky for days ahead, if you are at sea. They do not see it ashore because they do not know what to look for, he thought. The land must make a difference too, in the shape of the clouds. But we have no hurricane coming now.

He looked at the sky and saw the white cumulus built like friendly piles of ice cream and high above were the thin feathers of the cirrus against the high September sky.

"Light *brisa,*"he said."Better weather for me than for you, fish."

His left hand was still cramped, but he was unknotting it slowly.

I hate a cramp, he thought. It is a treachery of one's own body. It is humiliating before others to have a diarrhoea from ptomaine poisoning or to vomit from it. But a cramp, he thought of it as a *calambre,* humiliates oneself especially when one is alone.

If the boy were here he could rub it for me and loosen it down from the forearm, he thought. But it will loosen up.

Then, with his right hand he felt the difference in the pull of the line before he saw the slant change in the water. Then, as he leaned against the line and slapped his left hand hard and fast against his thigh he saw the line slanting slowly upward.

"He's coming up,"he said."Come on hand. Please come on."

The line rose slowly and steadily and then the surface of the ocean bulged ahead of the boat and the fish came out. He came out unendingly and water poured from his sides. He was bright in the sun and his head and back were dark purple and in the sun the stripes on his sides showed wide and a light lavender. His sword was as long as a baseball bat and tapered like a rapier and he rose his full length from the water and then re-entered it, smoothly, like a diver and the old man saw the great scythe-blade of his tail go under and the line commenced to race out.

"He is two feet longer than the skiff,"the old man said. The line was going out fast but steadily and the fish was not panicked. The old man was trying with both hands to keep the line just inside of breaking strength. He knew that if he could not slow the fish with a steady pressure the fish could take out all the line and break it.

He is a great fish and I must convince him, he thought. I must never let him learn his strength nor what he could do if he made his run. If I were him I would put in everything now and go until something broke. But, thank God, they are not as intelligent as we who kill them; although they are more noble and more able.

The old man had seen many great fish. He had seen many that weighed more than a thousand pounds and he had caught two of that size in his life, but never alone. Now alone, and out of sight of land, he was fast to the biggest fish that he had ever seen and bigger than he had ever heard of, and his left hand was still as tight as the gripped claws of an eagle.

It will uncramp though, he thought. Surely it will uncramp to help my right hand. There are three things that are brothers: the fish and my two hands. It must uncramp. It is unworthy of it to be cramped. The fish had slowed again and was going at his usual pace.

I wonder why he jumped, the old man thought. He jumped almost as though to show me how big he was. I know now, anyway, he thought. I wish I could show him what sort of man I am. But then he would see the cramped hand. Let him think I am more man than I am and I will be so. I wish I was the fish, he thought, with everything he has against only my will and my intelligence.

He settled comfortably against the wood and took his suffering as it came and the fish swam steadily and the boat moved slowly through the dark water. There was a small sea rising with the wind coming up from the east and at noon the old man's left hand was uncramped.

"Bad news for you, fish,"he said and shifted the line over the sacks that covered his shoulders.

He was comfortable but suffering, although he did not admit the suffering at all.

"I am not religious,"he said."But I will say ten Our Fathers and ten Hail Marys that I should catch this fish, and I promise to make a pilgrimage to the Virgen de Cobre if I catch him. That is a promise. "

He commenced to say his prayers mechanically. Sometimes he would be so tired that he could not remember the prayer and then he would say them fast so that they would come automatically. Hail Marys are easier to say than Our Fathers, he thought.

"Hail Mary full of Grace the Lord is with thee. Blessed art thou among women and blessed is the fruit of thy womb, Jesus. Holy Mary, Mother of God, pray for us sinners now and at the hour of our death. Amen." Then he added,"Blessed Virgen, pray for the death of this fish. Wonderful though he is."

With his prayers said, and feeling much better, but suffering exactly as much, and perhaps a little more, he leaned against the wood of the bow and began, mechanically, to work the fingers of his left hand.

The sun was hot now although the breeze was rising gently.

"I had better re-bait that little line out over the stern,"he said."If the fish decides to stay another night I will need to eat again and the water is low in the bottle. I don't think I can get anything but a dolphin here. But if I eat him fresh enough he won't be bad. I wish a flying fish would come on board tonight. But I have no light to attract them. A flying fish is excellent to eat raw and I would not have to cut him up. I must save all my strength now. Christ, I did not know he was so big."

"I'll kill him though,"he said."In all his greatness and his glory."

Although it is unjust, he thought. But I will show him what a man can do and what a man endures.

"I told the boy I was a strange old man,"he said."Now is when I must prove it."

The thousand times that he had proved it meant nothing. Now he was proving it again. Each time was a new time and he never thought about the past when he was doing it.

I wish he'd sleep and I could sleep and dream about the lions, he thought. Why are the lions the main thing that is left? Don't think, old man, he said to himself. Rest gently now against the wood and think of nothing. He is working. Work as little as you can.

It was getting into the afternoon and the boat still moved slowly and steadily. But there was an added drag now from the easterly breeze and the old man rode gently with the small sea and the hurt of the cord across his back came to him easily and smoothly.

Once in the afternoon the line started to rise again. But the fish only continued to swim at a slightly higher level. The sun was on the old man's left arm and shoulder and on his back. So he knew the fish had turned east of north.

Now that he had seen him once, he could picture the fish swimming in the water with his purple pectoral fins set wide as wings and the great erect tail slicing through the dark. I wonder how much he sees at that depth, the old man thought. His eye is huge and a horse, with much less eye, can see in the dark. Once I could see quite well in the dark. Not in the absolute dark. But almost as a cat sees.

The sun and his steady movement of his fingers had uncramped his left hand now completely and he began to shift more of the strain to it and he shrugged the muscles of his back to shift the hurt of the cord a little.

"If you're not tired, fish,"he said aloud, "you must be very strange."

He felt very tired now and he knew the night would come soon and he tried to think of other things. He thought of the Big Leagues, to him they were the *Gran Ligas*, and he knew that the Yankees of New York were playing the *Tigres* of Detroit.

This is the second day now that I do not know the result of the *juegos*, he thought. But I must have confidence and I must be worthy of the great DiMaggio who does all things perfectly even with the pain of the bone spur in his heel. What is a bone spur? he asked himself. *Un espuela de hueso*. We do not have them. Can it be as painful as the spur of a fighting cock in one's heel? I do not think I could endure that or the loss of the eye and of both eyes and continue to fight as the fighting cocks do. Man is not much beside the great birds and beasts. Still I would rather be that beast down there in the darkness of the sea.

"Unless sharks come,"he said aloud."If sharks come, God pity him and me."

Do you believe the great DiMaggio would stay with a fish as long as I will stay with this one? he thought. I am sure he would and more since he is young and strong. Also his father was a fisherman. But would the bone spur hurt him too much?

"I do not know,"he said aloud."I never had a bone spur."

As the sun set he remembered, to give himself more confidence, the time in the tavern at Casablanca when he had played the hand game with the great negro from Cienfuegos who was the strongest man on the docks. They had gone one day and one night with their elbows on a chalk line on the table and their forearms straight up and their hands gripped tight. Each one was trying to force the other's hand down onto the table. There was much betting and people went in and out of the room under the kerosene lights and he had looked at the arm and hand of the negro and at the negro's face. They changed the referees every four hours after the first eight so that the referees could sleep.

Blood came out from under the fingernails of both his and the negro's hands and they looked each other in the eye and at their hands and forearms and the bettors went in and out of the room and sat on high chairs against the wall and watched. The walls were painted bright blue and were of wood and the lamps threw their shadows against them.

The negro's shadow was huge and it moved on the wall as the breeze moved the lamps.

The odds would change back and forth all night and they fed the negro rum and lighted cigarettes for him. Then the negro, after the rum, would try for a tremendous effort and once he had the old man, who was not an old man then but was Santiago *El Campeón*, nearly three inches off balance. But the old man had raised his hand up to dead even again. He was sure then that he had the negro, who was a fine man and a great athlete, beaten. And at daylight when the bettors were asking that it be called a draw and the referee was shaking his head, he had unleashed his effort and forced the hand of the negro down and down until it rested on the wood. The match had started on a Sunday morning and ended on a Monday morning. Many of the bettors had asked for a draw because they had to go to work on the docks loading sacks of sugar or at the Havana Coal Company. Otherwise everyone would have wanted it to go to a finish. But he had finished it anyway and before anyone had to go to work.

For a long time after that everyone had called him The Champion and there had been a return match in the spring. But not much money was bet and he had won it quite easily since he had broken the confidence of the negro from Cienfuegos in the first match. After that he had a few matches and then no more. He decided that he could beat anyone if he wanted to badly enough and he decided that it was bad for his right hand for fishing. He had tried a few practice matches with his left hand. But his left hand had always been a traitor and would not do what he called on it to do and he did not trust it.

The sun will bake it out well now, he thought. It should not cramp on me again unless it gets too cold in the night. I wonder what this night will bring.

An airplane passed over head on its course to Miami and he watched its shadow scaring up the schools of flying fish.

"With so much flying fish there should be dolphin," he said, and leaned back on the line to see if it was possible to gain any on his fish. But he could not and it stayed at the hardness and water-drop shivering that preceded breaking. The boat moved ahead slowly and he watched the airplane until he could no longer see it.

It must be very strange in an airplane, he thought. I wonder what the sea looks like from that height? They should be able to see the fish well if they do not fly too high. I would like to fly very slowly at two hundred fathoms high and see the fish from above. In the turtle boats I was in the cross-trees of the mast-head and even at that height I saw much. The dolphin look greener from there and you can see their stripes and their purple spots and you can see all of the school as they swim. Why is it that all the fast-moving fish of the dark current have purple backs and usually purple stripes or spots? The dolphin looks green of course because he is really golden. But when he comes to feed, truly hungry, purple stripes show on his sides as on a marlin. Can it be anger, or the greater speed he makes that brings them out?

Just before it was dark, as they passed a great island of Sargasso weed that heaved and swung in the light sea as though the ocean were making love with something under a yellow blanket, his small line was taken by a dolphin. He saw it first when it jumped in the air, true gold in the last of the sun and bending and flapping wildly in the air. It jumped again and again in the acrobatics of its fear and he worked his way back to the stern and crouching and holding the big line with his right hand and arm, he pulled the dolphin in with his left hand, stepping on the gained line each time with his bare left foot. When the fish was at the stern, plunging and cutting from side to side in desperation, the old man leaned over the stern and lifted the burnished gold fish with its purple spots over the stern. Its jaws were working convulsively in quick bites against the hook and it pounded the bottom of the skiff with its long flat body, its tail and its head until he clubbed it across the shining golden head until it shivered and was still.

The old man unhooked the fish, rebaited the line with another sardine and tossed it over. Then he worked his way slowly back to the bow. He washed his left hand and wiped it on his trousers. Then he shifted the heavy line from his right hand to his left and washed his right hand in the sea while he watched the sun go into the ocean and the slant of the big cord.

"He hasn't changed at all," he said. But watching the movement of the water against his hand he noted that it was perceptibly slower.

"I'll lash the two oars together across the stern and that will slow him in the night," he said. "He's good for the night and so am I. "

It would be better to gut the dolphin a little later to save the blood in the meat, he thought. I can do that a little later and lash the oars to make a drag at the same time. I had better keep the fish quiet now and not disturb him too much at sunset. The setting of the sun is a difficult time for all fish.

He let his hand dry in the air then grasped the line with it and eased himself as much as he could and allowed himself to be pulled forward against the wood so that the boat took the strain as much, or more, than he did.

I'm learning how to do it, he thought. This part of it anyway. Then too, remember he hasn't eaten since he took the bait and he is huge and needs much food. I have eaten the whole bonito. Tomorrow I will eat the dolphin. He called it *dorado*. Perhaps I should eat some of it when I clean it. It will be harder to eat than the bonito. But, then, nothing is easy.

"How do you feel, fish?" he asked aloud. "I feel good and my left hand is better and I have food for a night and a day. Pull the boat, fish."

He did not truly feel good because the pain from the cord across his back had almost passed pain and gone into a dullness that he mistrusted. But I have had worse things than that, he thought. My hand is only cut a little and the cramp is gone from the other. My legs are all right. Also now I have gained on him in the question of sustenance.

It was dark now as it becomes dark quickly after the sun sets in September. He lay against the worn wood of the bow and rested all that he could. The first stars were out. He did not know the name of Rigel but he saw it and knew soon they would all be out and he would have all his distant friends.

"The fish is my friend too," he said aloud. "I have never seen or heard of such a fish. But I must kill him. I am glad we do not have to try to kill the stars."

Imagine if each day a man must try to kill the moon, he thought. The moon runs away. But imagine if a man each day should have to try to kill the sun? We were born lucky, he thought.

Then he was sorry for the great fish that had nothing to eat and his determination to kill him never relaxed in his sorrow for him. How many people will he feed, he thought. But are they worthy to eat him? No, of course not. There is no one worthy of eating him from the manner of his behaviour and his great dignity.

I do not understand these things, he thought. But it is good that we do not have to try to kill the sun or the moon or the stars. It is enough to live on the sea and kill our true brothers.

Now, he thought, I must think about the drag. It has its perils and its merits. I may lose so much line that I will lose him, if he makes his effort and the drag made by the oars is in place and the boat loses all her lightness. Her lightness prolongs both our suffering but it is my safety since he has great speed that he has never yet employed. No matter what passes I must gut the dolphin so he does not spoil and eat some of him to be strong.

Now I will rest an hour more and feel that he is solid and steady before I move back to the stern to do the work and make the decision. In the meantime I can see how he acts and if he shows any changes. The oars are a good trick; but it has reached the time to play for safety. He is much fish still and I saw that the hook was in the corner of his mouth and he has kept his mouth tight shut. The punishment of the hook is nothing. The punishment of hunger, and that he is against something that he does not comprehend, is everything. Rest now, old man, and let him work until your next duty comes.

He rested for what he believed to be two hours. The moon did not rise now until late and he had no way of judging the time. Nor was he really resting except comparatively. He was still bearing the pull of the fish across his shoulders but he placed his left hand on the gunwale of the bow and confided more and more of the resistance to the fish to the skiff itself.

How simple it would be if I could make the line fast, he thought. But with one small lurch he could break it. I must cushion the pull of the line with my body and at all times be ready to give line with both hands.

"But you have not slept yet, old man," he said aloud. "It is half a day and a night and now another day and you have not slept. You must devise a way so that you sleep a little if he is quiet and steady. If you do not sleep you might become unclear in the head."

I'm clear enough in the head, he thought. Too clear. I am as clear as the stars that are my brothers. Still I must sleep. They sleep and the moon and the sun sleep and even the ocean sleeps sometimes on certain days when there is no current and a flat calm.

But remember to sleep, he thought. Make yourself do it and devise some simple and sure way about the lines. Now go back and prepare the dolphin. It is too dangerous to rig the oars as a drag if you must sleep.

I could go without sleeping, he told himself. But it would be too dangerous.

He started to work his way back to the stern on his hands and knees, being careful not to jerk against the fish. He may be half asleep himself, he thought. But I do not want him to rest. He must pull until he dies.

Back in the stern he turned so that his left hand held the strain of the line across his shoulders and drew his knife from its sheath with his right hand. The stars were bright now and he saw the dolphin clearly and he pushed the blade of his knife into his head and drew him out from under the stern. He put one of his feet on the fish and slit him quickly from the vent up to the tip of his lower jaw. Then he put his knife down and gutted him with his right hand, scooping him clean and pulling the gills clear. He felt the maw heavy and slippery in his hands and he slit it open. There were two flying fish inside. They were fresh and hard and he laid them side by side and dropped the guts and the gills over the stern. They sank leaving a trail of phosphorescence in the water. The dolphin was cold and a leprous gray-white now in the starlight and the old man skinned one side of him while he held his right foot on the fish's head. Then he turned him over and skinned the other side and cut each side off from the head down to the tail.

He slid the carcass overboard and looked to see if there was any swirl in the water. But there was only the light of its slow descent. He turned then and placed the two flying fish inside the two fillets of fish and putting his knife back in its sheath, he worked his way slowly back to the bow. His back was bent with the weight of the line across it and he carried the fish in his right hand.

Back in the bow he laid the two fillets of fish out on the wood with the flying fish beside them. After that he settled the line across his shoulders in a new place and held it again with his left hand resting on the gunwale. Then he leaned over the side and washed the flying fish in the water, noting the speed of the water against his hand. His hand was phosphorescent from skinning the fish and he watched the flow of the water against it. The flow was less strong and as he rubbed the side of his hand against the planking of the skiff, particles of phosphorus floated off and drifted slowly astern.

"He is tiring or he is resting," the old man said. "Now let me get through the eating of this dolphin and get some rest and a little sleep."

Under the stars and with the night colder all the time he ate half of one of the dolphin fillets and one of the flying fish, gutted and with its head cut off.

"What an excellent fish dolphin is to eat cooked," he said. "And what a miserable fish raw. I will never go in a boat again without salt or limes."

If I had brains I would have splashed water on the bow all day and drying, it would have made salt, he thought. But then I did not hook the dolphin until almost sunset. Still it was a lack of preparation. But I have chewed it all well and I am not nauseated.

The sky was clouding over to the east and one after another the stars he knew were gone. It looked now as though he were moving into a great canyon of clouds and the wind had dropped.

"There will be bad weather in three or four days," he said. "But not tonight and not tomorrow. Rig now to get some sleep, old man, while the fish is calm and steady."

He held the line tight in his right hand and then pushed his thigh against his right hand as he leaned all his weight against the wood of the bow. Then he passed the line a little lower on his shoulders and braced his left hand on it.

My right hand can hold it as long as it is braced, he thought. If it relaxes in sleep my left hand will wake me as the line goes out. It is hard on the right hand. But he is used to punishment. Even if I sleep twenty minutes or a half an hour it is good. He lay forward cramping himself against the line with all of his body, putting all his weight onto his right hand, and he was asleep.

He did not dream of the lions but instead of a vast school of porpoises that stretched for eight or ten miles and it was in the time of their mating and they would leap high into the air and return into the same hole they had made in the water when they leaped.

Then he dreamed that he was in the village on his bed and there was a norther and he was very cold and his right arm was asleep because his head had rested on it instead of a pillow.

After that he began to dream of the long yellow beach and he saw the first of the lions come down onto it in the early dark and then the other lions came and he rested his chin on the wood of the bows where the ship lay anchored with the evening off-shore breeze and he waited to see if there would be more lions and he was happy.

The moon had been up for a long time but he slept on and the fish pulled on steadily and the boat moved into the tunnel of clouds.

He woke with the jerk of his right fist coming up against his face and the line burning out through his right hand. He had no feeling of his left hand but he braked all he could with his right and the line rushed out. Finally his left hand found the line and he leaned back against the line and now it burned his back and his left hand, and his left hand was taking all the strain and cutting badly. He looked back at the coils of line and they were feeding smoothly. Just then the fish jumped making a great bursting of the ocean and then a heavy fall. Then he jumped again and again and the boat was going fast although line was still racing out and the old man was raising the strain to breaking point and raising it to breaking point again and again. He had been pulled down tight onto the bow and his face was in the cut slice of dolphin and he could not move.

This is what we waited for, he thought. So now let us take it.

Make him pay for the line, he thought. Make him pay for it.

He could not see the fish's jumps but only heard the breaking of the ocean and the heavy splash as he fell. The speed of the line was cutting his hands badly but he had always known this would happen and he tried to keep the cutting across the calloused parts and not let the line slip into the palm nor cut the fingers.

If the boy was here he would wet the coils of line, he thought. Yes. If the boy were here. If the boy were here.

The line went out and out and out but it was slowing now and he was making the fish earn each inch of it. Now he got his head up from the wood and out of the slice of fish that his cheek had crushed. Then he was on his knees and then he rose slowly to his feet. He was ceding line but more slowly all the time. He worked back to where he could feel with his foot the coils of line that he could not see. There was plenty of line still and now the fish had to pull the friction of all that new line through the water.

Yes, he thought. And now he has jumped more than a dozen times and filled the sacks along his back with air and he cannot go down deep to die where I cannot bring him up. He will start circling soon and then I must work on him. I wonder what started him so suddenly? Could it have been hunger that made him desperate, or was he frightened by something in the night? Maybe he suddenly felt fear. But he was such a calm, strong fish and he seemed so fearless and so confident. It is strange.

"You better be fearless and confident yourself, old man," he said. "You're holding him again but you cannot get line. But soon he has to circle."

The old man held him with his left hand and his shoulders now and stooped down and scooped up water in his right hand to get the crushed dolphin flesh off of his face. He was afraid that it might nauseate him and he would vomit and lose his strength. When his face was cleaned he washed his right hand in the water over the side and then let it stay in the salt water while he watched the first light come before the sunrise. He's headed almost east, he thought.

That means he is tired and going with the current. Soon he will have to circle. Then our true work begins.

After he judged that his right hand had been in the water long enough he took it out and looked at it.

"It is not bad," he said. "And pain does not matter to a man."

He took hold of the line carefully so that it did not fit into any of the fresh line cuts and shifted his weight so that he could put his left hand into the sea on the other side of the skiff.

"You did not do so badly for something worthless," he said to his left hand. "But there was a moment when I could not find you."

Why was I not born with two good hands? he thought. Perhaps it was my fault in not training that one properly. But God knows he has had enough chances to learn. He did not do so badly in the night, though, and he has only cramped once. If he cramps again let the line cut him off.

When he thought that he knew that he was not being clear-headed and he thought he should chew some more of the dolphin. But I can't, he told himself. It is better to be light-headed than to lose your strength from nausea. And I know I cannot keep it if I eat it since my face was in it. I will keep it for an emergency until it goes bad. But it is too late to try for strength now through nourishment. You're stupid, he told himself. Eat the other flying fish.

It was there, cleaned and ready, and he picked it up with his left hand and ate it chewing the bones carefully and eating all of it down to the tail.

It has more nourishment than almost any fish, he thought. At least the kind of strength that I need. Now I have done what I can, he thought. Let him begin to circle and let the fight come.

The sun was rising for the third time since he had put to sea when the fish started to circle.

He could not see by the slant of the line that the fish was circling. It was too early for that. He just felt a faint slackening of the pressure of the line and he commenced to pull on it gently with his right hand. It tightened, as always, but just when he reached the point where it would break, line began to come in. He slipped his shoulders and head from under the line and began to pull in line steadily and gently. He used both of his hands in a swinging motion and tried to do the pulling as much as he could with his body and his legs. His old legs and shoulders pivoted with the swinging of the pulling.

"It is a very big circle," he said. "But he is circling."

Then the line would not come in any more and he held it until he saw the drops jumping from it in the sun. Then it started out and the old man knelt down and let it go grudgingly back into the dark water.

"He is making the far part of his circle now," he said. I must hold all I can, he thought. The strain will shorten his circle each time. Perhaps in an hour I will see him. Now I must convince him and then I must kill him.

But the fish kept on circling slowly and the old man was wet with sweat and tired deep into his bones two hours later. But the circles were much shorter now and from the way the line slanted he could tell the fish had risen steadily while he swam.

For an hour the old man had been seeing black spots before his eyes and the sweat salted his eyes and salted the cut over his eye and on his forehead. He was not afraid of the black spots. They were normal at the tension that he was pulling on the line. Twice, though, he had felt faint and dizzy and that had worried him.

"I could not fail myself and die on a fish like this," he said. "Now that I have him coming so beautifully, God help me endure. I'll say a hundred Our Fathers and a hundred Hail Marys. But I cannot say them now."

Consider them said, he thought. I'll say them later.

Just then he felt a sudden banging and jerking on the line he held with his two hands. It was sharp and hard-feeling and heavy.

He is hitting the wire leader with his spear, he thought. That was bound to come. He had to do that. It may make him jump though and I would rather he stayed circling now. The jumps were necessary for him to take air. But after that each one can widen the opening of the hook wound and he can throw the hook.

"Don't jump, fish," he said. "Don't jump."

The fish hit the wire several times more and each time he shook his head the old man gave up a little line.

I must hold his pain where it is, he thought. Mine does not matter. I can control mine. But his pain could drive him mad.

After a while the fish stopped beating at the wire and started circling slowly again. The old man was gaining line steadily now. But he felt faint again. He lifted some sea water with his left hand and put it on his head. Then he put more on and rubbed the back of his neck.

"I have no cramps," he said. "He'll be up soon and I can last. You have to last. Don't even speak of it."

He kneeled against the bow and, for a moment, slipped the line over his back again. I'll rest now while he goes out on the circle and then stand up and work on him when he comes in, he decided.

It was a great temptation to rest in the bow and let the fish make one circle by himself without recovering any line. But when the strain showed the fish had turned to come toward the boat, the old man rose to his feet and started the pivoting and the weaving pulling that brought in all the line he gained.

I'm tireder than I have ever been, he thought, and now the trade wind is rising. But that will be good to take him in with. I need that badly.

"I'll rest on the next turn as he goes out," he said. "I feel much better. Then in two or three turns more I will have him."

His straw hat was far on the back of his head and he sank down into the bow with the pull of the line as he felt the fish turn.

You work now, fish, he thought. I'll take you at the turn.

The sea had risen considerably. But it was a fair-weather breeze and he had to have it to get home.

"I'll just steer south and west," he said. "A man is never lost at sea and it is a long island."

It was on the third turn that he saw the fish first.

He saw him first as a dark shadow that took so long to pass under the boat that he could not believe its length.

"No," he said. "He can't be that big."

But he was that big and at the end of this circle he came to the surface only thirty yards away and the man saw his tail out of water. It was higher than a big scythe blade and a very pale lavender above the dark blue water. It raked back and as the fish swam just below the surface the old man could see his huge bulk and the purple stripes that banded him. His dorsal fin was down and his huge pectorals were spread wide.

On this circle the old man could see the fish's eye and the two gray sucking fish that swam around him. Sometimes they attached themselves to him. Sometimes they darted off. Sometimes they would swim easily in his shadow. They were each over three feet long and when they swam fast they lashed their whole bodies like eels.

The old man was sweating now but from something else besides the sun. On each calm placid turn the fish made he was gaining line and he was sure that in two turns more he would have a chance to get the harpoon in.

But I must get him close, close, close, he thought. I mustn't try for the head. I must get the heart.

"Be calm and strong, old man," he said.

On the next circle the fish's back was out but he was a little too far from the boat. On the next circle he was still too far away but he was higher out of water and the old man was sure that by gaining some more line he could have him alongside.

He had rigged his harpoon long before and its coil of light rope was in a round basket and the end was made fast to the bitt in the bow.

The fish was coming in on his circle now calm and beautiful looking and only his great tail moving. The old man pulled on him all that he could to bring him closer. For just a moment the fish turned a little on his side. Then he straightened himself and began another circle.

"I moved him," the old man said. "I moved him then."

He felt faint again now but he held on the great fish all the strain that he could. I moved him, he thought. Maybe this time I can get him over. Pull, hands, he thought. Hold up, legs. Last for me, head. Last for me. You never went. This time I'll pull him over.

But when he put all of his effort on, starting it well out before the fish came alongside and pulling with all his strength, the fish pulled part way over and then righted himself and swam away.

"Fish," the old man said. "Fish, you are going to have to die anyway. Do you have to kill me too?"

That way nothing is accomplished, he thought. His mouth was too dry to speak but he could not reach for the water now. I must get him alongside this time, he thought. I am not good for many more turns. Yes you are, he told himself. You're good for ever.

On the next turn, he nearly had him. But again the fish righted himself and swam slowly away.

You are killing me, fish, the old man thought. But you have a right to. Never have I seen a greater, or more beautiful, or a calmer or more noble thing than you, brother. Come on and kill me. I do not care who kills who.

Now you are getting confused in the head, he thought. You must keep your head clear. Keep your head clear and know how to suffer like a man. Or a fish, he thought.

"Clear up, head," he said in a voice he could hardly hear. "Clear up."

Twice more it was the same on the turns.

I do not know, the old man thought. He had been on the point of feeling himself go each time. I do not know. But I will try it once more.

He tried it once more and he felt himself going when he turned the fish. The fish righted himself and swam off again slowly with the great tail weaving in the air.

I'll try it again, the old man promised, although his hands were mushy now and he could only see well in flashes.

He tried it again and it was the same. So he thought, and he felt himself going before he started; I will try it once again.

He took all his pain and what was left of his strength and his long gone pride and he put it against the fish's agony and the fish came over onto his side and swam gently on his side, his bill almost touching the planking of the skiff and started to pass the boat, long, deep, wide, silver and barred with purple and interminable in the water.

The old man dropped the line and put his foot on it and lifted the harpoon as high as he could and drove it down with all his strength, and more strength he had just summoned, into the fish's side just behind the great chest fin that rose high in the air to the altitude of the man's chest. He felt the iron go in and he leaned on it and drove it further and then pushed all his weight after it.

Then the fish came alive, with his death in him, and rose high out of the water showing all his great length and width and all his power and his beauty. He seemed to hang in the air above the old man in the skiff. Then he fell into the water with a crash that sent spray over the old man and over all of the skiff.

The old man felt faint and sick and he could not see well. But he cleared the harpoon line and let it run slowly through his raw hands and, when he could see, he saw the fish was on his back with his silver belly up. The shaft of the harpoon was projecting at an angle from the fish's shoulder and the sea was discolouring with the red of the blood from his heart. First it was dark as a shoal in the blue water that was more than a mile deep. Then it spread like a cloud. The fish was silvery and still and floated with the waves.

The old man looked carefully in the glimpse of vision that he had. Then he took two turns of the harpoon line around the bitt in the bow and laid his head on his hands.

"Keep my head clear," he said against the wood of the bow. "I am a tired old man. But I have killed this fish which is my brother and now I must do the slave work."

Now I must prepare the nooses and the rope to lash him alongside, he thought. Even if we were two and swamped her to load him and bailed her out, this skiff would never hold him. I must prepare everything, then bring him in and lash him well and step the mast and set sail for home.

He started to pull the fish in to have him alongside so that he could pass a line through his gills and out his mouth and make his head fast alongside the bow.

I want to see him, he thought, and to touch and to feel him. He is my fortune, he thought. But that is not why I wish to feel him. I think I felt his heart, he thought. When I pushed on the harpoon shaft the second time. Bring him in now and make him fast and get the noose around his tail and another around his middle to bind him to the skiff.

"Get to work, old man," he said. He took a very small drink of the water. "There is very much slave work to be done now that the fight is over."

He looked up at the sky and then out to his fish. He looked at the sun carefully. It is not much more than noon, he thought. And the trade wind is rising. The lines all mean nothing now. The boy and I will splice them when we are home.

"Come on, fish," he said. But the fish did not come. Instead he lay there wallowing now in the seas and the old man pulled the skiff up onto him.

When he was even with him and had the fish's head against the bow he could not believe his size. But he untied the harpoon rope from the bitt, passed it through the fish's gills and out his jaws, made a turn around his sword then passed the rope through the other gill, made another turn around the bill and knotted the double rope and made it fast to the bitt in the bow. He cut the rope then and went astern to noose the tail. The fish had turned silver from his original purple and silver, and the stripes showed the same pale violet colour as his tail. They were wider than a man's hand with his fingers spread and the fish's eye looked as detached as the mirrors in a periscope or as a saint in a procession.

"It was the only way to kill him," the old man said. He was feeling better since the water and he knew he would not go away and his head was clear. He's over fifteen hundred pounds the way he is, he thought. Maybe much more. If he dresses out two-thirds of that at thirty cents a pound?

"I need a pencil for that," he said. "My head is not that clear. But I think the great DiMaggio would be proud of me today. I had no bone spurs. But the hands and the back hurt truly." I wonder what a bone spur is, he thought. Maybe we have them without knowing of it.

He made the fish fast to bow and stern and to the middle thwart. He was so big it was like lashing a much bigger skiff alongside. He cut a piece of line and tied the fish's lower jaw against his bill so his mouth would not open and they would sail as cleanly as possible. Then he stepped the mast and, with the stick that was his gaff and with his boom rigged, the patched sail drew, the boat began to move, and half lying in the stern he sailed south-west.

He did not need a compass to tell him where south-west was. He only needed the feel of the trade wind and the drawing of the sail. I better put a small line out with a spoon on it and try and get something to eat and drink for the moisture. But he could not find a spoon and his sardines were rotten. So he hooked a patch of yellow gulf weed with the gaff as they passed and shook it so that the small shrimps that were in it fell onto the planking of the skiff. There were more than a dozen of them and they jumped and kicked like sand fleas. The old man pinched their heads off with his thumb and forefinger and ate them chewing up the shells and the tails. They were very tiny but he knew they were nourishing and they tasted good.

The old man still had two drinks of water in the bottle and he used half of one after he had eaten the shrimps. The skiff was sailing well considering the handicaps and he steered with the tiller under his arm. He could see the fish and he had only to look at his hands and feel his back against the stern to know that this had truly happened and was not a dream. At one time when he was feeling so badly toward the end, he had thought perhaps it was a dream. Then when he had seen the fish come out of the water and hang motionless in the sky before he fell, he was sure there was some great strangeness and he could not believe it. Then he could not see well, although now he saw as well as ever.

Now he knew there was the fish and his hands and back were no dream. The hands cure quickly, he thought. I bled them clean and the salt water will heal them. The dark water of the true gulf is the greatest healer that there is. All I must do is keep the head clear. The hands have done their work and we sail well. With his mouth shut and his tail straight up and down we sail like brothers. Then his head started to become a little unclear and he thought, is he bringing me in or am I bringing him in? If I were towing him behind there would be no question. Nor if the fish were in the skiff, with all dignity gone, there would be no question either. But they were sailing together lashed side by side and the old man thought, let him bring me in if it pleases him. I am only better than him through trickery and he meant me no harm.

They sailed well and the old man soaked his hands in the salt water and tried to keep his head clear. There were high cumulus clouds and enough cirrus above them so that the old man knew the breeze would last all night. The old man looked at the fish constantly to make sure it was true. It was an hour before the first shark hit him.

The shark was not an accident. He had come up from deep down in the water as the dark cloud of blood had settled and dispersed in the mile deep sea. He had come up so fast and absolutely without caution that he broke the surface of the blue water and was in the sun. Then he fell back into the sea and picked up the scent and started swimming on the course the skiff and the fish had taken.

Sometimes he lost the scent. But he would pick it up again, or have just a trace of it, and he swam fast and hard on the course. He was a very big Mako shark built to swim as fast as the fastest fish in the sea and everything about him was beautiful except his jaws. His back was as blue as a sword fish's and his belly was silver and his hide was smooth and handsome. He was built as a sword fish except for his huge jaws which were tight shut now as he swam fast, just under the surface with his high dorsal fin knifing through the water without wavering. Inside the closed double lip of his jaws all of his eight rows of teeth were slanted inwards. They were not the ordinary pyramid-shaped teeth of most sharks. They were shaped like a man's fingers when they are crisped like claws. They were nearly as long as the fingers of the old man and they had razor-sharp cutting edges on both sides. This was a fish built to feed on all the fishes in the sea, that were so fast and strong and well armed that they had no other enemy. Now he speeded up as he smelled the fresher scent and his blue dorsal fin cut the water.

When the old man saw him coming he knew that this was a shark that had no fear at all and would do exactly what he wished. He prepared the harpoon and made the rope fast while he watched the shark come on. The rope was short as it lacked what he had cut away to lash the fish.

The old man's head was clear and good now and he was full of resolution but he had little hope. It was too good to last, he thought. He took one look at the great fish as he watched the shark close in. It might as well have been a dream, he thought. I cannot keep him from hitting me but maybe I can get him. *Dentuso,* he thought. Bad luck to your mother.

The shark closed fast astern and when he hit the fish the old man saw his mouth open and his strange eyes and the clicking chop of the teeth as he drove forward in the meat just above the tail. The shark's head was out of water and his back was coming out and the old man could hear the noise of skin and flesh ripping on the big fish when he rammed the harpoon down onto the shark's head at a spot where the line between his eyes intersected with the line that ran straight back from his nose. There were no such lines. There was only the heavy sharp blue head and the big eyes and the clicking, thrusting all-swallowing jaws. But that was the location of the brain and the old man hit it. He hit it with his blood mushed hands driving a good harpoon with all his strength. He hit it without hope but with resolution and complete malignancy.

The shark swung over and the old man saw his eye was not alive and then he swung over once again, wrapping himself in two loops of the rope. The old man knew that he was dead but the shark would not accept it. Then, on his back, with his tail lashing and his jaws clicking, the shark plowed over the water as a speed-boat does. The water was white where his tail beat it and three-quarters of his body was clear above the water when the rope came taut, shivered, and then snapped. The shark lay quietly for a little while on the surface and the old man watched him. Then he went down very slowly.

"He took about forty pounds," the old man said aloud. He took my harpoon too and all the rope, he thought, and now my fish bleeds again and there will be others.

He did not like to look at the fish anymore since he had been mutilated. When the fish had been hit it was as though he himself were hit.

But I killed the shark that hit my fish, he thought. And he was the biggest *dentuso* that I have ever seen. And God knows that I have seen big ones.

It was too good to last, he thought. I wish it had been a dream now and that I had never hooked the fish and was alone in bed on the newspapers.

"But man is not made for defeat," he said. "A man can be destroyed but not defeated." I am sorry that I killed the fish though, he thought. Now the bad time is coming and I do not even have the harpoon. The *dentuso* is cruel and able and strong and intelligent. But I was more intelligent than he was. Perhaps not, he thought. Perhaps I was only better armed.

"Don't think, old man," he said aloud. "Sail on this course and take it when it comes."

But I must think, he thought. Because it is all I have left. That and baseball.

I wonder how the great DiMaggio would have liked the way I hit him in the brain? It was no great thing, he thought. Any man could do it. But do you think my hands were as great a handicap as the bone spurs? I cannot know. I never had anything wrong with my heel except the time the sting ray stung it when I stepped on him when swimming and paralyzed the lower leg and made the unbearable pain.

"Think about something cheerful, old man," he said. "Every minute now you are closer to home. You sail lighter for the loss of forty pounds."

He knew quite well the pattern of what could happen when he reached the inner part of the current. But there was nothing to be done now.

"Yes there is," he said aloud. "I can lash my knife to the butt of one of the oars."

So he did that with the tiller under his arm and the sheet of the sail under his foot.

"Now," he said. "I am still an old man. But I am not unarmed."

The breeze was fresh now and he sailed on well. He watched only the forward part of the fish and some of his hope returned.

It is silly not to hope, he thought. Besides I believe it is a sin. Do not think about sin, he thought. There are enough problems now without sin. Also I have no understanding of it.

I have no understanding of it and I am not sure that I believe in it. Perhaps it was a sin to kill the fish. I suppose it was even though I did it to keep me alive and feed many people. But then everything is a sin. Do not think about sin. It is much too late for that and there are people who are paid to do it. Let them think about it. You were born to be a fisherman as the fish was born to be a fish. San Pedro was a fisherman as was the father of the great DiMaggio.

But he liked to think about all things that he was involved in and since there was nothing to read and he did not have a radio, he thought much and he kept on thinking about sin. You did not kill the fish only to keep alive and to sell for food, he thought. You killed him for pride and because you are a fisherman. You loved him when he was alive and you loved him after. If you love him, it is not a sin to kill him. Or is it more?

"You think too much, old man," he said aloud.

But you enjoyed killing the *dentuso,* he thought. He lives on the live fish as you do. He is not a scavenger nor just a moving appetite as some sharks are. He is beautiful and noble and knows no fear of anything.

"I killed him in self-defense," the old man said aloud. "And I killed him well."

Besides, he thought, everything kills everything else in some way. Fishing kills me exactly as it keeps me alive. The boy keeps me alive, he thought. I must not deceive myself too much.

He leaned over the side and pulled loose a piece of the meat of the fish where the shark had cut him. He chewed it and noted its quality and its good taste. It was firm and juicy, like meat, but it was not red. There was no stringiness in it and he knew that it would bring the highest price in the market. But there was no way to keep its scent out of the water and the old man knew that a very bad time was coming.

The breeze was steady. It had backed a little further into the north-east and he knew that meant that it would not fall off. The old man looked ahead of him but he could see no sails nor could he see the hull nor the smoke of any ship. There were only the flying fish that went up from his bow sailing away to either side and the yellow patches of gulf-weed. He could not even see a bird.

He had sailed for two hours, resting in the stern and sometimes chewing a bit of the meat from the marlin, trying to rest and to be strong, when he saw the first of the two sharks.

"Ay," he said aloud. There is no translation for this word and perhaps it is just

a noise such as a man might make, involuntarily, feeling the nail go through his hands and into the wood.

"*Galanos*," he said aloud. He had seen the second fin now coming up behind the first and had identified them as shovel-nosed sharks by the brown, triangular fin and the sweeping movements of the tail. They had the scent and were excited and in the stupidity of their great hunger they were losing and finding the scent in their excitement. But they were closing all the time.

The old man made the sheet fast and jammed the tiller. Then he took up the oar with the knife lashed to it. He lifted it as lightly as he could because his hands rebelled at the pain. Then he opened and closed them on it lightly to loosen them. He closed them firmly so they would take the pain now and would not flinch and watched the sharks come. He could see their wide, flattened, shovel-pointed heads now and their white-tipped wide pectoral fins. They were hateful sharks, bad smelling, scavengers as well as killers and when they were hungry they would bite at an oar or the rudder of a boat. It was these sharks that would cut the turtles' legs and flippers off when the turtles were asleep on the surface, and they would hit a man in the water, if they were hungry, even if the man had no smell of fish blood nor of fish slime on him.

"*Ay*," the old man said. "*Galanos*. Come on *Galanos*."

They came. But they did not come as the Mako had come. One turned and went out of sight under the skiff and the old man could feel the skiff shake as he jerked and pulled on the fish. The other watched the old man with his slitted yellow eyes and then came in fast with his half circle of jaws wide to hit the fish where he had already been bitten. The line showed clearly on the top of his brown head and back where the brain joined the spinal cord and the old man drove the knife on the oar into the juncture, withdrew it, and drove it in again into the shark's yellow cat-like eyes. The shark let go of the fish and slid down, swallowing what he had taken as he died.

The skiff was still shaking with the destruction the other shark was doing to the fish and the old man let go the sheet so that the skiff would swing broadside and bring the shark out from under. When he saw the shark he leaned over the side and punched at him. He hit only meat and the hide was set hard and he barely got the knife in. The blow hurt not only his hands but his shoulder too. But the shark came up fast with his head out and the old man hit him squarely in the center of his flat-topped head as his nose came out of water and lay against the fish. The old man withdrew the blade and punched the shark exactly in the same spot again. He still hung to the fish with his jaws hooked and the old man stabbed him in his left eye. The shark still hung there.

"No?" the old man said and he drove the blade between the vertebrae and the brain. It was an easy shot now and he felt the cartilage sever. The old man reversed the oar and put the blade between the shark's jaws to open them. He twisted the blade and as the shark slid loose he said, "Go on, *galano*. Slide down a mile deep. Go see your friend, or maybe it's your mother."

The old man wiped the blade of his knife and laid down the oar. Then he found the sheet and the sail filled and he brought the skiff onto her course.

"They must have taken a quarter of him and of the best meat," he said aloud. "I wish it were a dream and that I had never hooked him. I'm sorry about it, fish. It makes everything wrong." He stopped and he did not want to look at the fish now. Drained of blood and awash he looked the colour of the silver backing of a mirror and his stripes still showed.

"I shouldn't have gone out so far, fish," he said. "Neither for you nor for me. I'm sorry, fish."

Now, he said to himself. Look to the lashing on the knife and see if it has been cut. Then get your hand in order because there still is more to come.

"I wish I had a stone for the knife," the old man said after he had checked the lashing on the oar butt. "I should have brought a stone." You should have brought many things, he thought. But you did not bring them, old man. Now is no time to think of what you do not have. Think of what you can do with what there is.

"You give me much good counsel," he said aloud. "I'm tired of it."

He held the tiller under his arm and soaked both his hands in the water as the skiff drove forward.

"God knows how much that last one took," he said. "But she's much lighter now." He did not want to think of the mutilated under-side of the fish. He knew that each of the jerking bumps of the shark had been meat torn away and that the fish now made a trail for all sharks as wide as a highway through the sea.

He was a fish to keep a man all winter, he thought. Don't think of that. Just rest and try to get your hands in shape to defend what is left of him. The blood smell from my hands means nothing now with all that scent in the water. Besides they do not bleed much. There is nothing cut that means anything. The bleeding may keep the left from cramping.

What can I think of now? he thought. Nothing. I must think of nothing and wait for the next ones. I wish it had really been a dream, he thought. But who knows? It might have turned out well.

The next shark that came was a single shovelnose. He came like a pig to the trough if a pig had a mouth so wide that you could put your head in it. The old man let him hit the fish and then drove the knife on the oar down into his brain. But the shark jerked backwards as he rolled and the knife blade snapped.

The old man settled himself to steer. He did not even watch the big shark sinking slowly in the water, showing first life-size, then small, then tiny. That always fascinated the old man. But he did not even watch it now.

"I have the gaff now," he said. "But it will do no good. I have the two oars and the tiller and the short club."

Now they have beaten me, he thought. I am too old to club sharks to death. But I will try it as long as I have the oars and the short club and the tiller.

He put his hands in the water again to soak them. It was getting late in the afternoon and he saw nothing but the sea and the sky. There was more wind in the sky than there had been, and soon he hoped that he would see land.

"You're tired, old man," he said. "You're tired inside."

The sharks did not hit him again until just before sunset.

The old man saw the brown fins coming along the wide trail the fish must make in the water. They were not even quartering on the scent. They were headed straight for the skiff swimming side by side.

He jammed the tiller, made the sheet fast and reached under the stern for the club. It was an oar handle from a broken oar sawed off to about two and a half feet in length. He could only use it effectively with one hand because of the grip of the handle and he took good hold of it with his right hand, flexing his hand on it, as he watched the sharks come. They were both *galanos*.

I must let the first one get a good hold and hit him on the point of the nose or straight across the top of the head, he thought.

The two sharks closed together and as he saw the one nearest him open his jaws and sink them into the silver side of the fish, he raised the club high and brought it down heavy and slamming onto the top of the shark's broad head. He felt the rubbery solidity as the club came down. But he felt the rigidity of bone too and he struck the shark once more hard across the point of the nose as he slid down from the fish.

The other shark had been in and out and now came in again with his jaws wide. The old man could see pieces of the meat of the fish spilling white from the corner of his jaws as he bumped the fish and closed his jaws. He swung at him and hit only the head and the shark looked at him and wrenched the meat loose. The old man swung the club down on him again as he slipped away to swallow and hit only the heavy solid rubberiness.

"Come on, *galano*," the old man said. "Come in again."

The shark came in a rush and the old man hit him as he shut his jaws. He hit him solidly and from as high up as he could raise the club. This time he felt the bone at the base of the brain and he hit him again in the same place while the shark tore the meat loose sluggishly and slid down from the fish.

The old man watched for him to come again but neither shark showed. Then he saw one on the surface swimming in circles. He did not see the fin of the other.

I could not expect to kill them, he thought. I could have in my time. But I have hurt them both badly and neither one can feel very good. If I could have used a bat with two hands I could have killed the first one surely. Even now, he thought.

He did not want to look at the fish. He knew that half of him had been destroyed. The sun had gone down while he had been in the fight with the sharks.

"It will be dark soon," he said. "Then I should see the glow of Havana. If I am too far to the eastward I will see the lights of one of the new beaches."

I cannot be too far out now, he thought. I hope no one has been too worried. There is only the boy to worry, of course. But I am sure he would have confidence. Many of the older fishermen will worry. Many others too, he thought. I live in a good town.

He could not talk to the fish anymore because the fish had been ruined too badly. Then something came into his head.

"Half fish," he said. "Fish that you were. I am sorry that I went too far out. I ruined us both. But we have killed many sharks, you and I, and ruined many others. How many did you ever kill, old fish? You do not have that spear on your head for nothing."

He liked to think of the fish and what he could do to a shark if he were swimming free. I should have chopped the bill off to fight them with, he thought. But there was no hatchet and then there was no knife.

But if I had, and could have lashed it to an oar butt, what a weapon. Then we might have fought them together. What will you do now if they come in the night? What can you do?

"Fight them," he said. "I'll fight them until I die."

But in the dark now and no glow showing and no lights and only the wind and the steady pull of the sail he felt that perhaps he was already dead. He put his two hands together and felt the palms. They were not dead and he could bring the pain of life by simply opening and closing them. He leaned his back against the stern and knew he was not dead. His shoulders told him.

I have all those prayers I promised if I caught the fish, he thought. But I am too tired to say them now. I better get the sack and put it over my shoulders.

He lay in the stern and steered and watched for the glow to come in the sky. I have half of him, he thought. Maybe I'll have the luck to bring the forward half in. I should have some luck. No, he said. You violated your luck when you went too far outside.

"Don't be silly," he said aloud. "And keep awake and steer. You may have much luck yet."

"I'd like to buy some if there's any place they sell it," he said.

What could I buy it with? he asked himself. Could I buy it with a lost harpoon and a broken knife and two bad hands?

"You might," he said. "You tried to buy it with eighty-four days at sea. They nearly sold it to you too."

I must not think nonsense, he thought. Luck is a thing that comes in many forms and who can recognize her? I would take some though in any form and pay what they asked. I wish I could see the glow from the lights, he thought. I wish too many things. But that is the thing I wish for now. He tried to settle more comfortably to steer and from his pain he knew he was not dead.

He saw the reflected glare of the lights of the city at what must have been around ten o'clock at night. They were only perceptible at first as the light is in the sky before the moon rises. Then they were steady to see across the ocean which was rough now with the increasing breeze. He steered inside of the glow and he thought that now, soon, he must hit the edge of the stream.

Now it is over, he thought. They will probably hit me again. But what can a man do against them in the dark without a weapon?

He was stiff and sore now and his wounds and all of the strained parts of his body hurt with the cold of the night. I hope I do not have to fight again, he thought. I hope so much I do not have to fight again.

But by midnight he fought and this time he knew the fight was useless. They came in a pack and he could only see the lines in the water that their fins made and their phosphorescence as they threw themselves on the fish. He clubbed at heads and heard the jaws chop and the shaking of the skiff as they took hold below. He clubbed desperately at what he could only feel and hear and he felt something seize the club and it was gone.

He jerked the tiller free from the rudder and beat and chopped with it, holding it in both hands and driving it down again and again. But they were up to the bow now and driving in one after the other and together, tearing off the pieces of meat that showed glowing below the sea as they turned to come once more.

One came, finally, against the head itself and he knew that it was over. He swung the tiller across the shark's head where the jaws were caught in the heaviness of the fish's head which would not tear. He swung it once and twice and again. He heard the tiller break and he lunged at the shark with the splintered butt. He felt it go in and knowing it was sharp he drove it in again. The shark let go and rolled away. That was the last shark of the pack that came. There was nothing more for them to eat.

The old man could hardly breathe now and he felt a strange taste in his mouth. It was coppery and sweet and he was afraid of it for a moment. But there was not much of it.

He spat into the ocean and said, "Eat that, *Galanos*. And make a dream you've killed a man."

He knew he was beaten now finally and without remedy and he went back to the stern and found the jagged end of the tiller would fit in the slot of the rudder well enough for him to steer. He settled the sack around his shoulders and put the skiff on her course. He sailed lightly now and he had no thoughts nor any feelings of any kind. He was past everything now and he sailed the skiff to make his home port as well and as intelligently as he could. In the night sharks hit the carcass as someone might pick up crumbs from the table. The old man paid no attention to them and did not pay any attention to anything except steering. He only noticed how lightly and how well the skiff sailed now there was no great weight beside her.

She's good, he thought. She is sound and not harmed in any way except for the tiller. That is easily replaced.

He could feel he was inside the current now and he could see the lights of the beach colonies along the shore. He knew where he was now and it was nothing to get home.

The wind is our friend, anyway, he thought. Then he added, sometimes. And the great sea with our friends and our enemies. And bed, he thought. Bed is my friend. Just bed, he thought. Bed will be a great thing. It is easy when you are beaten, he thought. I never knew how easy it was. And what beat you, he thought.

"Nothing," he said aloud. "I went out too far."

When he sailed into the little harbour the lights of the Terrace were out and he knew everyone was in bed. The breeze had risen steadily and was blowing strongly now. It was quiet in the harbour though and he sailed up onto the little patch of shingle below the rocks. There was no one to help him so he pulled the boat up as far as he could. Then he stepped out and made her fast to a rock.

He unstepped the mast and furled the sail and tied it. Then he shouldered the mast and started to climb. It was then he knew the depth of his tiredness. He stopped for a moment and looked back and saw in the reflection from the street light the great tail of the fish standing up well behind the skiff's stern. He saw the white naked line of his backbone and the dark mass of the head with the projecting bill and all the nakedness between.

He started to climb again and at the top he fell and lay for some time with the mast across his shoulder. He tried to get up. But it was too difficult and he sat there with the mast on his shoulder and looked at the road. A cat passed on the far side going about its business and the old man watched it. Then he just watched the road.

Finally he put the mast down and stood up. He picked the mast up and put it on his shoulder and started up the road. He had to sit down five times before he reached his shack.

Inside the shack he leaned the mast against the wall. In the dark he found a water bottle and took a drink. Then he lay down on the bed. He pulled the blanket over his shoulders and then over his back and legs and he slept face down on the newspapers with his arms out straight and the palms of his hands up.

He was asleep when the boy looked in the door in the morning. It was blowing so hard that the drifting-boats would not be going out and the boy had slept late and then come to the old man's shack as he had come each morning. The boy saw that the old man was breathing and then he saw the old man's hands and he started to cry. He went out very quietly to go to bring some coffee and all the way down the road he was crying.

Many fishermen were around the skiff looking at what was lashed beside it and one was in the water, his trousers rolled up, measuring the skeleton with a length of line.

The boy did not go down. He had been there before and one of the fishermen was looking after the skiff for him.

"How is he?" one of the fishermen shouted.

"Sleeping," the boy called. He did not care that they saw him crying. "Let no one disturb him."

"He was eighteen feet from nose to tail," the fisherman who was measuring him called.

"I believe it," the boy said.

He went into the Terrace and asked for a can of coffee.

"Hot and with plenty of milk and sugar in it."

"Anything more?"

"No. Afterwards I will see what he can eat."

"What a fish it was," the proprietor said. "There has never been such a fish. Those were two fine fish you took yesterday too."

"Damn my fish," the boy said and he started to cry again.

"Do you want a drink of any kind?" the proprietor asked.

"No," the boy said. "Tell them not to bother Santiago. I'll be back."

"Tell him how sorry I am."

"Thanks," the boy said.

The boy carried the hot can of coffee up to the old man's shack and sat by him until he woke. Once it looked as though he were waking. But he had gone back into heavy sleep and the boy had gone across the road to borrow some wood to heat the coffee.

Finally the old man woke.

"Don't sit up," the boy said. "Drink this." He poured some of the coffee in a glass.

The old man took it and drank it.

"They beat me, Manolin," he said. "They truly beat me."

"*He* didn't beat you. Not the fish."

"No. Truly. It was afterwards."

"Pedrico is looking after the skiff and the gear. What do you want done with the head?"

"Let Pedrico chop it up to use in fish traps."

"And the spear?"

"You keep it if you want it."

"I want it," the boy said. "Now we must make our plans about the other things."

"Did they search for me?"

"Of course. With coast guard and with planes."

"The ocean is very big and a skiff is small and hard to see," the old man said. He noticed how pleasant it was to have someone to talk to instead of speaking only to himself and to the sea. "I missed you," he said. "What did you catch?"

"One the first day. One the second and two the third."

"Very good."

"Now we fish together again."

"No. I am not lucky. I am not lucky anymore."

"The hell with luck," the boy said. "I'll bring the luck with me."

"What will your family say?"

"I do not care. I caught two yesterday. But we will fish together now for I still have much to learn."

"We must get a good killing lance and always have it on board. You can make the blade from a spring leaf from an old Ford. We can grind it in Guanabacoa. It should be sharp and not tempered so it will break. My knife broke."

"I'll get another knife and have the spring ground. How many days of heavy *brisa* have we?"

"Maybe three. Maybe more."

"I will have everything in order," the boy said. "You get your hands well old man."

"I know how to care for them. In the night I spat something strange and felt something in my chest was broken."

"Get that well too," the boy said. "Lie down, old man, and I will bring you your clean shirt. And something to eat."

"Bring any of the papers of the time that I was gone," the old man said.

"You must get well fast for there is much that I can learn and you can teach me everything. How much did you suffer?"

"Plenty," the old man said.

"I'll bring the food and the papers," the boy said. "Rest well, old man. I will bring stuff from the drugstore for your hands."

"Don't forget to tell Pedrico the head is his."

"No. I will remember."

As the boy went out the door and down the worn coral rock road he was crying again.

That afternoon there was a party of tourists at the Terrace and looking down in the water among the empty beer cans and dead barracudas a woman saw a great long white spine with a huge tail at the end that lifted and swung with the tide while the east wind blew a heavy steady sea outside the entrance to the harbour.

"What's that?" she asked a waiter and pointed to the long backbone of the great fish that was now just garbage waiting to go out with the tide.

"Tiburon," the waiter said."Eshark." He was meaning to explain what had happened.

"I didn't know sharks had such handsome, beautifully formed tails."

"I didn't either," her male companion said.

Up the road, in his shack, the old man was sleeping again. He was still sleeping on his face and the boy was sitting by him watching him. The old man was dreaming about the lions.

经典译林

Yilin Classics

书名	单价	书名	单价
癌症楼	78.00 元	艾青诗集	35.00 元
爱的教育	39.00 元	爱丽丝漫游奇境	29.00 元
安娜·卡列尼娜	65.00 元	安徒生童话选集	42.00 元
傲慢与偏见	36.00 元	奥德赛	92.00 元
八十天环游地球	32.00 元	巴黎圣母院	42.00 元
白洋淀纪事	39.00 元	百万英镑	35.00 元
包法利夫人	38.00 元	悲惨世界（上、下）	98.00 元
背影	28.00 元	被侮辱与被损害的人	39.00 元
边城	36.00 元	变色龙：契诃夫中短篇小说集	39.00 元
变形记 城堡	38.00 元	草叶集：惠特曼诗选	39.00 元
茶馆	32.00 元	茶花女	35.00 元
查拉图斯特拉如是说	38.00 元	沉思录	29.00 元
城南旧事	29.00 元	大卫·科波菲尔（上、下）	79.00 元
当代英雄	45.00 元	稻草人	29.00 元
地心游记	32.00 元	飞鸟集·新月集：泰戈尔诗选	39.00 元
飞向太空港	39.00 元	福尔摩斯探案集	58.00 元
复活	42.00 元	傅雷家书	49.00 元
富兰克林自传	36.00 元	钢铁是怎样炼成的	39.00 元
高老头	39.00 元	格列佛游记	35.00 元
格林童话全集	49.00 元	给青年的十二封信	38.00 元

书名	单价	书名	单价
古希腊悲剧喜剧集（上、下）	118.00 元	海底两万里	38.00 元
红楼梦	69.00 元	红与黑	49.00 元
呼兰河传	35.00 元	呼啸山庄	39.00 元
基督山伯爵（上、下）	108.00 元	纪伯伦散文诗经典	42.00 元
寂静的春天	35.00 元	假如给我三天光明	32.00 元
简·爱	39.00 元	金银岛	35.00 元
经典常谈	29.00 元	荆棘鸟	45.00 元
静静的顿河	128.00 元	镜花缘	49.00 元
局外人·鼠疫	38.00 元	菊与刀	35.00 元
克雷洛夫寓言	32.00 元	宽容	32.00 元
昆虫记	39.00 元	老人与海	32.00 元
理想国	45.00 元	聊斋志异	55.00 元
列那狐的故事	39.00 元	猎人笔记	38.00 元
林肯传	39.00 元	鲁滨逊漂流记	39.00 元
鲁迅杂文选集	36.00 元	绿山墙的安妮	36.00 元
罗马神话	16.80 元	罗生门	39.00 元
骆驼祥子	32.00 元	美丽新世界	35.00 元
名人传	39.00 元	拿破仑传	49.00 元
呐喊	29.00 元	牛虻	38.00 元
欧·亨利短篇小说选	36.00 元	欧也妮·葛朗台	32.00 元
彷徨	32.00 元	培根随笔全集	38.00 元
飘（上、下）	88.00 元	普希金诗选	42.00 元
骑鹅旅行记	36.00 元	乞力马扎罗的雪	39.80 元
热爱生命·海狼	38.00 元	人间草木：汪曾祺散文精选	49.00 元

书名	单价	书名	单价
人类群星闪耀时	36.00 元	人性的弱点	39.00 元
日瓦戈医生	68.00 元	儒林外史	42.00 元
三个火枪手	59.00 元	三国演义	59.00 元
沙乡年鉴	42.00 元	莎士比亚喜剧悲剧集	49.00 元
少年维特的烦恼	28.00 元	神秘岛	48.00 元
神曲（共三册）	128.00 元	十日谈	68.00 元
世说新语（上、下）	89.00 元	双城记	45.00 元
水浒传	69.00 元	四世同堂（上、下）	78.00 元
苔丝	39.00 元	谈美	35.00 元
谈美书简	36.00 元	汤姆·索亚历险记	32.00 元
汤姆叔叔的小屋	45.00 元	唐诗三百首	39.00 元
堂吉诃德	78.00 元	天方夜谭	42.00 元
童年	38.00 元	童年·在人间·我的大学	49.00 元
瓦尔登湖	36.00 元	我是猫	39.00 元
乌合之众	35.00 元	物种起源	42.00 元
雾都孤儿	44.00 元	西顿野生动物故事集	38.00 元
西游记	62.00 元	希腊古典神话	49.00 元
乡土中国	36.00 元	小妇人	45.00 元
小王子	29.00 元	星星离我们有多远	35.00 元
喧哗与骚动	58.00 元	羊脂球	38.00 元
一九八四	36.00 元	一间自己的房间	36.00 元
伊利亚特	82.00 元	伊索寓言：555 则	36.00 元
尤利西斯	58.00 元	约翰·克利斯朵夫（上、下）	98.00 元
月亮和六便士	45.00 元	战争与和平（上、下）	108.00 元

书名	单价	书名	单价
朝花夕拾	22.00 元	中国民间故事	39.00 元
子夜	49.00 元	最后一课	36.00 元
罪与罚	66.00 元